FABLES

ET

POÉSIES

PAR

Pierre CHEVALLIER.

Dulciter Objurgat.

PARIS

CHEZ AUBRY, RUE DAUPHINE, 16

ET AU BUREAU DES JUSTICES DE PAIX, RUE GUÉNÉGAUD, 27

AUXERRE

CHEZ MUZARD ET HUGNOT, RUE DE PARIS, 32.

1867.

FABLES ET POÉSIES.

LIVRE PREMIER.

PROLOGUE.

LE MÉDECIN ET L'ENFANT MALADE.

Un enfant que la fièvre en son lit retenait
    Au médecin qui le traitait
Refusait, en faisant la plus maussade mine,
    Une excellente médecine
    Dont la répugnante couleur
    Et la nauséabonde odeur
De dégoût soulevaient sa débile poitrine.
Voyant qu'à le convaincre il perdait son latin,
    Mon Esculape, en habile homme,
Pour atteindre son but prend un autre chemin,

Et voici comme :

Par l'action du feu dans un vase il réduit

Le liquide remède, avec art en compose

Une pilule qu'il enduit

D'un suc cristallisé de vanille et de rose ;

Puis la présente à notre enfant

Qui, bientôt alléché par le parfum qu'exhale

Ce bonbon odoriférant,

Avec grand plaisir s'en régale.

Ainsi le Fabuliste, habile à mitiger

Une morale trop austère,

Sait avec douceur corriger,

Guérir de ses défauts un mauvais caractère..

LE PLAIDEUR ET L'HOMME DE LOI.

Par son voisin Lucas, renommé chicaneur,
    Blaise Michaut, le laboureur,
Bonhomme au demeurant, mais non pas sans malice,
Venait d'être cité pardevant la Justice.
Tout soucieux il va trouver un procureur
    Et lui conte ainsi son affaire ;
— L'autre jour, sur le soir, Lucas, mon adversaire,
Embourbe sa voiture et, tout en tempêtant,
    Jurant le nom du Tout-Puissant,
A cris multipliés il réclame assistance.

Je travaillais non loin, je l'entends et j'accours
　　Et de mon mieux je lui porte secours.
　　　Depuis lors mon plaideur avance
　　　Que j'aurais blessé son mulet
　　　En lui donnant un coup de fouet.
　　Voilà, Monsieur, le sujet du litige.
Par sa citation mon adversaire exige
　　　Que je lui paie, avec dépens,
En bons et beaux écus deux cent cinquante francs.
Croyez-vous, dites-moi, mon affaire mauvaise ?
— Excellente, répond l'élève de Cujas,
　　　Et je serai, ma foi, fort aise
De faire succomber votre plaideur Lucas.
Allez-vous en, mon brave, et dormez bien tranquille ;
Sans faute au jour fixé revenez à la ville.
Moins inquiet, Michaut s'en retourne au logis.
Mais rarement plaideurs dorment d'un profond somme,
　　　Aussi toute la nuit notre homme
　　　Songea-t-il à dame Thémis.
A la pointe du jour, il lui vient une idée :
Il se lève : *in petto* la chose est décidée.
　　　Il prend un vêtement nouveau,

Déguise de son mieux son air et sa tournure,

  Pose sur son chef un chapeau

  Qui cache à moitié sa figure,

  Puis, étant de la sorte fait,

A notre homme de loi de rechef se présente.

— Je suis Lucas, dit-il, Michaut, à qui j'intente

Un procès pour avoir éborgné mon mulet,

A pris pour défenseur monsieur votre confrère,

Et je viens vous prier de défendre mes droits :

Mais je dois, avant tout, confesser toutefois

Qu'alors Michaut m'aidait à sortir d'une ornière.

  Que pensez-vous de cette affaire?

Dites à ce sujet que prononcent les lois?

— Que quiconque a causé le moindre préjudice,

Répond le défenseur, même en rendant service,

  Est tenu de le réparer.

  Je puis, mon cher, vous assurer

  Que votre cause est imperdable

Et, si vous le voulez, vous faire voir d'ailleurs

Un arrêt à l'espèce en tous points applicable

Et les opinions des plus savants auteurs.

— Avec tous vos savants, Monsieur, allez au diable,

Reprend soudain le faux Lucas,
Ne se déguisant plus et mettant chapeau bas.
Oh ! qu'il avait raison feu Jean-Michaut mon père,
Alors qu'il nous disait à son heure dernière :
Surtout, mes chers enfants, vivez, vivez en paix ;
Craignez des procureurs la redoutable serre,
Le plus mauvais accord vaut mieux qu'un bon procès.

FABLE III.

LE ROQUET ET LE GROS CHIEN.

Avec acharnement un roquet dans la rue
En jappant provoquait un vigoureux mâtin.
Celui-ci se retourne, et d'un œil de dédain
Regarde l'aboyeur, le toise et continue
    Fort tranquillement son chemin.

Quand il vient de trop bas, mépriser un outrage
    Est la réponse la plus sage.

1.

FABLE IV.

LE FARCEUR ET LES PASSANTS.

— Tais-toi, ne pleure pas, ou bien dans la rivière
Je te jette à l'instant, disait, tout en colère,
Certain individu qui, sur le parapet
D'un des ponts de Paris, entre ses bras tenait
    Un enfant, dont la voix perçante
Lui répondait : — Papa, petit papa, pardon,
Je ne le ferai plus. D'abord indifférente
    Et sans beaucoup d'attention,
    Des passants l'incessante foule
    Qui, comme un large fleuve coule,

Regarda machinalement ;

Mais lorqu'elle aperçut notre homme incontinent

Jeter du haut du pont le moutard dans la Seine,

Ce fut bientôt une autre scène.

D'un tel acte indigné chacun tout furieux

Sur lui brutalement se rue,

Le frappe à toute outrance et crie à qui mieux mieux :

Il faut que sur place on le tue.

Vainement celui-ci veut alors s'expliquer,

De son action dénouer

Le motif inconnu, la pardonnable cause.

Vingt rudes coups de poing, appliqués à la fois,

Etouffent sur le champ sa défaillante voix.

Déjà même l'on se dispose

A lui faire d'un pareil saut

Rejoindre le pauvre marmot,

Quand, aux regards surpris de la foule attroupée,

Pour sauver cet enfant dans les flots disparu,

Un digne batelier, promptement accouru,

Apporte ruisselante une énorme poupée.

A cet aspect, chaque assistant

De pousser des éclats de rire,

Et le battu, fort mécontent,
(C'était un ventriloque) aussitôt de leur dire :

— Malgré toute apparence, ô Messieurs, désormais
Sans entendre les gens ne condamnez jamais.

LES LAPINS.

— Grands Dieux, que je l'échappe belle,
Oh ! qu'au destin je dois une bonne chandelle !
    S'écriait un jeune lapin
Rentré tout haletant au logis souterrain :
        Oui, mes amis, si je n'avais bien vite
        Su prendre habilement la fuite,
        Oui, pour toujours c'en était fait de moi !
    Un monstre affreux (j'en tremble encor d'effroi),

A failli me happer, m'avaler tout-à-l'heure.

Il est ici près de notre demeure,

Non loin de ce gros chêne au sommet décrépit

Où ce geai si criard l'an dernier fit son nid.

La lune l'éclairait; son corps et sa figure

Sont tout noirs; sur sa tête il élève des bras

      Dont la longueur, je vous le jure,

Est telle qu'ils pourraient, je n'exagère pas,

D'ici de ce logis atteindre au moins la porte.

L'assistance, à ces mots, de peur à moitié morte,

        Vite s'enfuit.

Au fond du ténébreux et tortueux réduit,

Cependant un lapin, d'une humeur moins poltronne,

Débouche près du lieu par un chemin secret,

Avance à pas de loup, s'arrête, puis tâtonne,

Distingue, voit enfin le monstrueux objet.

De retour il raconte, en se pâmant de rire,

L'incroyable motif de son joyeux délire.

A ce récit lapins d'accourir à l'instant,

     D'aller voir l'horrible géant

    Et d'y mener l'auteur de cette scène

    Qui, tout confus, reconnaît aisément

Le sujet de sa peur: c'était l'ombre du chêne.

C'est ainsi qu'un poltron la nuit croit voir errer
Des fantômes toujours prêts à le dévorer.

L'ENFANT ET LES ÉTRENNES.

— Ma foi, mon cher enfant, une affaire maudite,
Disait le grand papa du petit Hippolyte,
Qui, le premier janvier, tout en balbutiant,
    Lui débitait son petit compliment,
Une affaire (ah! combien j'en éprouve de peines)
M'a fait totalement oublier tes étrennes!
Mais tranquillise-toi, je m'en vais de mon mieux
    Parer à cet oubli fâcheux.
Tiens, dit-il, en tirant d'un riche secrétaire

Un vieux billet de banque entouré de festons :
Tiens, prends, mon bon ami, voici ce qui, j'espère,
    Vaut mieux, crois-moi, que les meilleurs bonbons.
— Eh ! bien, Monsieur, reprit la gouvernante,
Ne remerciez-vous point votre bon grand-papa ?
    L'œil fixe et la bouche béante
Le petit Hippolyte immobile resta ;
Une larme perlait déjà sous sa paupière,
    Lorsqu'un grand personnage entrant
Mit fin à cette scène et fit que notre enfant
    Fut sur-le-champ reconduit à sa mère.
— Déjà, dit la maman, quoi ! déjà te voici ?
As-tu du grand-papa reçu bonnes nouvelles ?
Dis-moi, mon cher enfant, es-tu content de lui ?
Il a dû te donner des étrennes bien belles !
    Mais qu'as-tu donc ? Pourquoi cet air boudeur ?
Approche, embrasse-moi, mon petit Hippolyte,
    Et conte-moi les peines de ton cœur.
Ne t'a-t-il rien donné ? Dis-le moi donc bien vite ?
— Si... — Mais quoi donc ? Poussant péniblement
Un long soupir du fond de son âme ulcérée :
    — Il m'a... donné..., dit-il, en sanglotant,

Cette vilaine image à moitié déchirée.

Avares, ô vous, qui prenez soin d'enfouir
Des trésors dont jamais vous ne saurez jouir,
Si de vos rouleaux d'or l'aspect qui vous captive
N'a pas chez vous détruit tout-à-fait la raison,
De cet enfant sondez la réponse naïve,
Et répondez ensuite à cette question :
Si l'argent ne vous sert, à quoi vous est-il bon ?

L'ANE ET LES ROSSIGNOLS.

La campagne déjà se couvrait de verdure,
Et déjà les ruisseaux, naguère impétueux,
    Rentrés dans leur lit tortueux
    Avaient repris leur doux murmure.
C'était au mois de mai, sur le déclin du jour,
A l'heure où le zéphir répandait dans la plaine
    Le parfum de sa tiède haleine.
De leurs feux amoureux célébrant le retour,
De jeunes rossignols, sous un épais bocage,
    De leur harmonieux ramage

Charmaient les échos d'alentour.

Un âne, qui non loin paissait dans la prairie,

    A cette douce mélodie

Lève sa lourde tête, et, d'un œil détracteur

Avisant le bosquet, fait mouvoir sa mâchoire

Et retentir les airs d'une affreuse clameur,

S'imaginant avoir remporté la victoire

    En voyant s'envoler soudain

Des chantres du printemps la troupe épouvantée.

— Ah ! j'étais, se dit-il, à l'avance certain

Que de ces grands faiseurs la voix, par trop vantée,

    Ne pourrait lutter un instant

    Avec mon mâle et noble chant.

Ainsi le sot bavard, dont la large poitrine

    Ne fait entendre que du son,

    Parle très haut et s'imagine

Que, criant le plus fort, il doit avoir raison.

FABLE VIII.

LE JARDINIER ET LA TAUPE.

— Je te tiens donc, vilaine bête,
   Tu me vas enfin le payer,
   Oui, oui, le payer de ta tête,
Car je vais à l'instant te pendre à ce poirier
   Et par cet exemple effrayer
   Toute ton exécrable engeance !
C'est ainsi qu'animé d'une juste vengeance
   Parlait le maître d'un jardin
   A certaine taupe qui, prise
  Au piège, entrevoyait une cruelle fin.

Cependant, revenue un peu de sa surprise

Et conservant l'espoir de conjurer la crise,

La dame au nez pointu, sur un ton patelin,

Répond : — Mon bon Monsieur, veuillez, je vous supplie,

  Considérer que de ma vie

  Je ne vous ai, foi d'animal,

  Non, jamais, fait le moindre mal.

  Je ne voyage que sous terre,

  Quitte fort peu ma taupinière

  Et ne peut, comme de raison,

Vous causer préjudice en aucune façon.

Daignez me distinguer de ces maudites races

  De chenilles et de limaces

Qui, sans pudeur aucune, en plein jour, devant vous,

  Semblant braver votre courroux,

Sillonnent vos produits de leurs impures traces

  Et se font un malin plaisir

  De tout gâter, de tout flétrir.

Loin de vous faire tort, je détruis, pour vous plaire,

Les insectes toujours disposés à mal faire,

Ces vers dévastateurs, ces hideux limaçons

  Et ces voraces hannetons.

— Vil et fourbe animal, ton hypocrite mine
Met aujourd'hui le comble à mon ressentiment,
Depuis longtemps je sais le mal qu'à la sourdine
    Tu me causes journellement;
Je sais que par ton fait mes arbustes languissent
Et que, mordus au pied, mes choux par toi périssent.
Apprends que l'on pardonne au loyal ennemi
    Qui nous attaque face à face
    Et que vite on se débarrasse
De l'infâme qui trompe en se disant ami.
    Et là-dessus d'un coup de bêche
    Vers l'autre monde il la dépêche.

LE CHIEN ET LES DEUX MATOUS.

Médor était des chiens le plus parfait modèle.
Sobre, doux et soumis, caressant et fidèle,
    Il était surtout vigilant.
    Aussi l'employait-on souvent
    A surveiller dans la cuisine
Les deux chats du logis, dont la sournoise mine
    Dénotait de rusés fripons.
    Dès qu'il voyait nos deux larrons
Flairer d'un peu trop près le beurre ou le fromage,
    Il courait sus et leur faisait

Au plus vite plier bagage.

Un soir que près du feu, l'œil au guet, il veillait,

    Nos matous de lui s'approchèrent,

    En ces termes l'interpellèrent :

— Quel est donc le motif du singulier courroux

Qui sans cesse vous porte à vous jeter sur nous ?

    Voudriez-vous par un sot zèle

Complaire à notre maître, être son plat valet ?

    Nous vous le déclarons tout net :

    Si pareil fait se renouvelle,

Devenus pour toujours vos ennemis jurés,

    Par nos griffes vous passerez.

— Votre ton menaçant ne m'intimide guère,

Leur répondit Médor, soyez-en assurés,

    Et tout ce que vous pourrez faire

    Jamais ne me détournera

De suivre le conseil que, dès mon plus jeune âge,

Me donna mon aïeul en ce simple langage :

Mon fils, fais ce que dois, advienne que pourra.

- LE GEAI ET LES HIRONDELLES.

Un jeune geai, tout fier de son plumage,
Voire même de son ramage,
(Telle est la jeunesse aujourd'hui),
Avec un ton de petit-maître,
Dans le bois qui l'avait vu naître
Se plaignait de mourir d'ennui.
— Quoi ! disait-il, avec la bécasse, la pie,
Le corbeau, la chouette et divers laids oiseaux
Communs, insipidese t sots,
Je passerais ici toute la vie !

Moi geai, je serais vu, regardé du même œil

Qu'un merle, qu'un pinson, un linot, un bouvreuil !

Jamais de mes couleurs les nuances moirées

Par de vrais connaisseurs ne seraient admirées !

Ce séjour tout au plus convient à des bisets ;

Pour logis il me faut les plus vastes forêts ;

Je veux aller au loin étaler les merveilles

De mes ailes d'azur à nulle autre pareilles,

> Je veux du plus beau perroquet
>
> Rabattre en un mot le caquet.
>
> En ce moment des hirondelles,

Qui pardessus le bois volaient à tire-d'ailes,

> Font halte et sur l'arbre voisin

Auprès de notre geai vont s'abattre soudain.

On s'aborde, on babille, on parle de voyage,

> Bref, les dames au noir corsage
>
> Décident notre jeune fat

A venir visiter avec elles la plage

Et les belles forêts de l'africain climat.

Déjà du grand départ les phalanges ailées

Attendent le moment sur la rive assemblées.

Le signal est donné: tout part, aux premiers rangs

Mon vaniteux oiseau se pavane et s'admire.

Mais tandis que, dans son délire,

Il tourne, pirouette et voltige en tous sens,

Ainsi que se dissipe une vapeur brumeuse,

Disparaît devant lui la troupe voyageuse.

Pour la rejoindre en vain il s'agite, il fend l'air,

Contre un vent qui s'élève il se raidit, il lutte,

Il s'épuise en efforts, chancelle et dans la mer

De fatigue accablé culbute.

Vous qui, de vos aïeux dédaignant le pays,

Voulez tenter fortune et briller à Paris,

Apprenez, jeunes gen?, que cette mer de monde

Est, comme l'Océan, en naufrages féconde.

LA LOUVE ET SES ENFANTS.

Certaine louve fort âgée,
Qui n'avait plus que quelques dents,
Pour vivre se vit obligée
D'avoir recours à ses enfants.
— Mes amis, leur dit-elle, une affreuse misère
Accable votre pauvre mère.
Sachez que, depuis près d'un mois,
Infirme, n'osant plus me risquer hors du bois
Pour chercher dans les champs comme vous ma pâture,
Je n'ai pour toute nourriture

2.

Que des limaces, des mulots

Qui très souvent me font vomir de répugnance.

Aussi n'ai-je, voyez, que la peau sur les os.

Vous qui, déjà grands loups, vivez dans l'abondance,

Vous qui vous régalez de poulets et d'agneaux,

Vous qu'avec tant de soins, avec tant de tendresse,

Je nourris, j'élevai, ne m'abandonnez pas,

Veuillez dès aujourd'hui pourvoir à mes repas :

    J'ai faim, je tombe de faiblesse.

— Mère, veuillez attendre et tranquillisez-vous,

    Répondirent les jeunes loups,

Nous allons sur le champ pour vous nous mettre en chasse.

    Une heure après, un gros mouton fut pris

Et mangé jusqu'aux os par ces infâmes fils.

La pauvre mère en eut seulement la carcasse.

    Dans le taillis le lendemain

    On la trouva morte de faim.

LE PRINCE ET SES COURTISANS.

Un prince de Bagdad, qu'en toute circonstance
   Ses courtisans s'empressaient d'approuver,
      Voulut un jour les éprouver,
De leur sincérité faire l'expérience.
     Après le diner il leur fait
Dans des tasses servir certain breuvage extrait
De l'amer quassia. L'esclave avec adresse
Avait, sans être vu, dans celle de l'Altesse
Su mettre du café. — Délectable ! excellent !
    Leur dit le prince, en savourant

De son moka le doux arôme ;
Non, certes, d'Yémen le renommé royaume
N'en produisit jamais, par ma foi, d'aussi bon.
Tous cherchent à cacher la piteuse grimace
Que, malgré leurs efforts, fait naître sur leur face
    Du quassia l'infusion,
    Et l'avalant jusqu'à la lie
Répondent à la fois : — Non jamais, Monseigneur,
    Jamais nous n'avons de la vie
    Bu d'aussi parfaite liqueur.

LA CORNEILLE ET LE CORBEAU.

Une vieille corneille allait toujours grondant,
Gourmandait l'un et l'autre, avait toujours à dire
Dès qu'elle apercevait entre eux jouer et rire
Quelques jeunes enfants du peuple croassant.
Elle avait pour surnom : la Mère Rabat-joie.
   Si, lorsque en troupe on voyageait,
Quelques jeunes corbeaux de la directe voie
S'écartaient un instant, sus vite elle volait
      Et pour les punir leur donnait
      Grands coups de bec et grands coups d'aile.

— Voisin, dit-elle, un jour, à certain vieux corbeau
     A peu près du même âge qu'elle,
     Voyez-vous toujours tout en beau
Et trouvez-vous encor que la jeunesse actuelle
     Vaille celle de notre temps ?
Vous ne pouvez nier que son extravagance,
Sa conduite étourdie et ses égarements
N'égalent pour le moins sa désobéissance.

     — Je suis bien étonné, ma chère,
     Répondit le corbeau, que vous,
Si folâtre autrefois, même plus que légère,
     Je vous le dis bas entre nous,
Vous soyez maintenant si prude et si sévère.
Apaisez, croyez-moi, votre bilieuse humeur,
     Et sachez que tout vieux pécheur
Sur les défauts d'autrui doit garder le silence
Et plus qu'un autre doit avoir de l'indulgence.

L'ÉLÉPHANT ET LE GARÇON TAILLEUR.

Tel croit pouvoir impunément
De gens inoffensifs se moquer et se rire
Qui, lorsque le raillé riposte vertement,
    En vrai sot reste sans mot dire.

Conduit par son cornac tous les jours, sur le soir,
De la cité d'Achem un éléphant énorme
Allait à pas pesants au public abreuvoir.
Un tailleur, devant qui notre animal informe
Pour se rendre à ce lieu passait et repassait,

A son passage lui donnait
Très souvent quelques chatteries.
Répondant à ces dons par des cajoleries
Depuis lors celui-ci de l'artiste en habits
N'aurait pu d'un seul pas dépasser le logis
Sans s'arrêter à la fenêtre.
Un jour, en l'absence du maître,
Au moment où, croyant obtenir un bonbon,
Suivant l'usage, notre bête
Levait sa bonne et grosse tête,
Du nombreux atelier un malin compagnon
De l'aiguille qu'il cache adroitement la pique
Et, ricanant, lui fait avec les doigts la nique.
Sans paraître s'en émouvoir
L'éléphant dissimule et gagne l'abreuvoir,
De l'eau qu'il pompe
Avec sa trompe
Il remplit son gosier, énorme réservoir,
Puis, repassant, d'un air bonasse,
Semble redemander l'ordinaire cadeau
A l'ouvrier qui, de nouveau,
Lui répond par une grimace.

Tel, lors d'un incendie, en un tube pressé
Jaillit le flot liquide avec force lancé,
Telle sort, en sifflant, de la trompe onduleuse,
En un rapide jet, une eau sale et bourbeuse
Qui, cinglant en tous sens notre railleur confus,
    L'inonde des pieds à la tête.
   Tout l'atelier applaudit à la bête,
Et railla le plaisant qui ne s'y frotta plus.

———

LE LAPIN ET LE GENDARME.

— Excusez, Monsieur le Gendarme,
Disait, sur la fin d'août, nez haut, s'agenouillant,
    Un jeune lapin larmoyant ;
Excusez-moi si j'ose, en ces moments d'alarme,
De votre utile ronde interrompre le cours.
Hélas ! les vifs soucis que depuis quelques jours
Nous cause des chasseurs la trop funeste engeance,
A votre humanité me font avoir recours.
Grâce, mon bon Monsieur, à votre surveillance,
Naguère nous pouvions prendre tous nos ébats,

Sans crainte sur l'herbette égayer nos repas :
Maintenant, obligés d'être sur le qui vive,
D'avoir à chaque instant l'œil et l'oreille au guet,
Il nous faut désormais, ô triste alternative !
A la hâte, en tremblant, brouter le serpolet,
Ou, retirés au fond de nos sombres chambrettes,
    Jeûner en vrais anachorètes.
Je vous en prie, au nom de la sainte équité,
Vous, son digne soutien, oh ! soyez-nous propice,
Et de ces gens, chez qui tout est ruse, injustice,
Veuillez faire cesser l'affreuse atrocité.
— Je suis vraiment touché de tes vives alarmes,
Répond le militaire aux pacifiques armes,
Et voudrais de bon cœur, mon cher petit ami,
Te voir contre la peine un peu plus affermi.
    Crois bien, d'ailleurs, qu'à ta prière
Avec empressement je saurais satisfaire
    Si la plus barbare des lois
    N'avait pendant près de six mois
    Mis à prix d'argent votre tête.
Tâche donc jusque-là d'éviter la tempête
Qui presque tous les jours va sur vous retentir

Et dans ton trou va te blottir

Alors que tu verras chasseurs et chiens en quéte.

En ta mémoire grave enfin

Et retiens, avant toutes choses,

Que de la vie étroit est le chemin

Et qu'il n'est pas toujours semé de roses.

LES DEUX CHIENS.

Deux épagneuls à qui dame Nature
Avait donné le poil le plus soyeux,
OEil vif, nez fin et magnifique allure,
Dans un château choyés vivaient heureux.
L'un d'eux nommé Sultan avait dans sa jeunesse
Appris à dépister et lièvres et perdreaux ;
L'autre appelé Milord, enclin à la paresse,
Préférait au travail un facile repos.
Leur maître, un jour, voulant de ses vastes domaines
En chassant parcourir les giboyeuses plaines,

Derrière sa voiture emmena nos deux chiens,

L'un à l'autre attachés par de faibles liens ;

Mais, las de cheminer en si gênante place,

Le paresseux Milord, tout-à-coup s'arrêtant,

    S'accule et lutte tant et tant

    Que la corde à la fin se casse.

Voilà le couple en laisse en sens divers tirant,

Qui fait deux ou trois pas, va, revient, se lutine,

Et qui, sans maître, arrive à la ville voisine.

En passant dans la rue, un chasseur aperçoit

Nos deux aventuriers, aussitôt les reçoit,

Les héberge d'abord et de suite s'empresse

D'aller par monts, par vaux, essayer leur adresse.

Sultan avait à peine, au milieu des guérêts,

Éventé d'un levraut l'odeur indicatrice,

Que, tout près d'un buisson, à pas lents il se glisse

Et forme, en se couchant, le plus beau des arrêts.

De son côté, Milord, pour qui de la cuisine

Le suave fumet était plus attrayant,

Tête basse, faisait une piteuse mine,

Et de loin, sans quêter, suivait nonchalamment.

L'essai fait, mon chasseur s'en retourne à la ville,

Caresse, fait entrer Sultan dans son logis

Et dit à l'autre chien : — Pécore, être inutile,

    Lâche, ignorant, toi qui ne vis

Que pour manger, dormir, stupide parasite,

Regarde bien ma porte et détale au plus vite.

Et, pour mieux de ces mots lui démontrer le sens,

    De cinq à six coups de houssine

    Il vous le cingle en même temps.

Vers d'autres lieux Milord, tout honteux, s'achemine,

Mais (ô de l'ignorance inévitable effet !)

Même essai, même accueil, partout à coups de fouet,

On l'invite à chercher un autre domicile.

Pour comble de malheur, de gamins un essaim

De pierres l'assaillant, le chasse de la ville.

Délaissé, tout meurtri, dévoré par la faim,

Le malheureux Milord, d'une voix importune

Gémissait, en hurlant, sur sa triste infortune.

— Hélas ! se disait-il, si dans le temps j'avais

Profité des leçons du maître garde-chasse,

    Comme Sultan je trouverais

    Maintenant une bonne place !

Écoliers paresseux qui comptez sur le bien

De vos riches parents, sachez, retenez-bien
Que la fortune peut s'enfuir à tire-d'aile,
Et que celui qui sut travailler avec zèle
Par son instruction a toujours évité
    Les rigueurs de l'adversité.

FABLE XVII.

LE CHIEN ET LE CUISINIER.

(Suite de la Fable précédente.)

L'homme qui, par son fait, tombe dans la misère,
Se garde rarement de l'instinct de mal faire.

Milord, ce chien dont j'ai déjà dépeint l'humeur
    Et la paresseuse indolence,
Par son exemple va prouver ce que j'avance.
Après avoir été, tel qu'un vrai malfaiteur,
    A coups de bâton et de pierre,
    Battu, chassé, ce pauvre hère,

3.

Couché près d'un manoir essayait, en dormant,
De calmer de la faim le douloureux tourment,
Quand soudain, ô bonheur ! une odeur de cuisine
Frappe son odorat ; il regarde, examine,
     Et voit vêtu d'un beau manteau
Un monsieur qui prenait le chemin du château.
     — Ceci, se dit-il en lui-même,
Annonce un grand repas ; suivons cet étranger,
Il parait bon enfant, d'une douceur extrême,
Je puis bien avec lui trouver, sans nul danger,
Quelque lopin à prendre ou quelque os à ronger.
Ceci dit, notre drôle, en souriant s'avance,
Prend avec ce monsieur un air de connaissance,
     Et le suit sans plus de façon.
     Au château bientôt on arrive :
Le maître du logis suppose, avec raison,
Que cet animal est le chien de son convive
Et celui-ci le croit un chien de la maison.
Dans la salle à manger tandis que l'on festine,
     Mon intrus va dans la cuisine,
Se niche dans un coin et là feint de dormir.
A peine est-il blotti qu'il voit le chef sortir.

Il se lève sans bruit, de tous côtés regarde :

 Ne le voyant pas revenir,

Il va près du foyer et happe une poularde

Mise en un large plat et qu'on allait servir.

Il comptait s'esquiver. Justes dieux ! il rencontre

Le chef qui, sous sa main trouvant un gros bâton,

 D'un bras vigoureux lui démontre

 Ce que mérite tout fripon.

LE PAPILLON ET LES FLEURS.

Dans un magnifique parterre,
Un papillon parmi des fleurs
Tournoyait d'une aile légère,
Ne sachant à laquelle accorder ses faveurs.
A l'éclatant aspect des couleurs diaprées
De l'orgueilleux coquelicot,
De la tulipe et du pavot
Étalant à l'envi leurs têtes empourprées,
Presque immobile en l'air il s'arrête aussitôt,
Pour mieux les admirer planc sur chaque tige,

Va, revient, de plus près voltige,

S'approche encor, puis tout-à-coup

A leur odeur sentant naître en lui le dégoût,

Vers d'autres fleurs au plus vite il s'envole.

Bref, après avoir fait mille évolutions,

En les flairant, volé de corolle en corolle,

Et toujours éprouvé mêmes déceptions,

Il aperçoit tout près une humble violette

Qui, sous l'ombrage protecteur

D'une épaisse et verte coudrette,

De l'éclat du grand jour abritait sa pudeur.

Il s'avance : aussitôt une odeur embaumée,

Semblable au doux parfum de l'encens d'Idumée,

Et le frappe et le charme : il voltige à l'entour,

S'y pose, puis ouvrant son modeste calice,

Il y savoure avec délice

Un plaisir inconnu qui fixe son amour.

Dans les liens du mariage

Vous qui voulez vous engager

Sur d'attrayants dehors, sur un joli visage

Gardez-vous souvent de juger.

LE MARQUIS ET LE MENUISIER.

Grâce au honteux appui des mille légions
Qu'arma pour se venger une horde étrangère,
    Un marquis, d'une humeur altière,
Rentrait, après la fin de nos dissensions,
Dans le château gothique où ses riches ancêtres
Avaient vécu jadis en souverains et maîtres.
Afin de réparer, en son noble logis,
Du temps qui détruit tout l'inévitable outrage,
    Ce fier et hautain personnage
Mande un des menuisiers, artiste du pays.

Celui-ci, qui venait d'abandonner la lance

Pour le rabot, sentait, au moindre mot piquant,

Soudain surgir en lui ce premier sentiment

Qui nous fait tout d'abord riposter à l'offense.

    — On m'a parlé de ton habileté,

Lui dit notre marquis, de ce ton de fierté

Qui jadis entre un noble et le vilain taillable

Mettait une distance immense, infranchissable,

Pourrais-tu, sans retard, me changer ce parquet?

Je veux qu'avant huit jours il soit à neuf refait.

Combien me prendras-tu? Dis, que veux-tu par mètre?

— Cela dépend du bois que tu voudras y mettre,

    Lui répond notre menuisier.

— Qu'entends-je ! N'as-tu pas osé me tutoyer,

Rustre, manant? — Tout doux, monsieur le gentilhomme,

Reprit l'homme au rabot, de moi sachez, en somme,

Que le plus grand seigneur, pour être respecté,

    Comme un autre doit satisfaire,

    Fût-ce envers le plus pauvre hère,

    Aux lois de la civilité.

LE RAT ET SON FILS.

— Mon fils, disait un rat, à son heure dernière,
Je sens dans tout mon corps un affaiblissement
    Qui me dit que prochainement
    J'aurai rejoint ta pauvre mère.
Avant de succomber au dernier des sommeils
Jé veux, mon cher enfant, te donner des conseils.
Approche, écoute-moi : Garde-toi bien sans cesse
De ce vilain défaut qu'on appelle paresse.
    Je te l'ai cent fois répété :
      L'oisiveté

Est la mère de tous les vices.

Dans mes plus profondes offices,

Après ma mort tu trouveras

Au fond de mon logis fruits, pois et de la graine,

Qui jusqu'à la saison prochaine

·Pourront suffire à tes repas.

Ménage-les et vis avec économie :

L'hiver peut être rigoureux.

De l'active fourmi que l'exemplaire vie

Soit constamment devant tes yeux.

A ces mots un hoquet, lui coupant la parole,

L'envoya voyager au séjour ténébreux.

Notre jeune héritier tout d'abord se désole,

Mais bientôt entouré de prétendus amis,

Promptement accourus pour chasser les ennuis

Des paternelles funérailles,

Il se livre avec eux à de telles ripailles

Que du sobre défunt l'ample provision

Sous leurs dents disparait jusqu'au moindre trognon.

Un jour après cette bombance,

Notre prodigue rat était dans l'indigence,

De porte en porte mendiait.

Les amis de la veille auxquels il s'adressait
Du fond de leur logis venaient à l'orifice
   Et lui disaient : Dieu vous bénisse.

LIVRE DEUXIÈME.

LE BERGER ET SON TROUPEAU.

Un jour qu'étendus sur l'herbette,
Colin et ses deux chiens, à l'abri du soleil,
Avec sécurité se livraient au sommeil,
Un mouton, du troupeau la plus mauvaise tête,
    A ses compagnons ébahis,
Autour de lui pressés, en cercle réunis,
En ces mots adressa ce discours dans la plaine :
Frères, souffrirons-nous que toujours l'on nous mène,
    Que constamment à nos côtés
Des bergers, des mâtins postés en sentinelles,

Pour les moindres écarts, les moindres bagatelles

Nous fassent endurer mille brutalités?

Quoi ! les blés les plus verts, les plus fraîches prairies,

A l'envi tous les jours s'offriront à nos yeux,

Forcés de pâturer en des endroits pierreux,

Nous n'aurons pour tout lot que des herbes flétries ?

     Amis, c'est trop longtemps souffrir,

     C'est trop supporter l'esclavage,

D'un joug aussi honteux, sans tarder davantage,

     Sachons enfin nous affranchir.

Profitons, croyez-moi, de cet instant propice

Et que chacun de nous, portant au loin ses pas,

     Sans la moindre gêne choisisse

     Les pâturages les plus gras.

A peine avait-il dit, qu'aussitôt l'assemblée,

     De ce beau projet affolée,

     Par un murmure approbateur,

Avec enthousiasme accueillit l'orateur.

Quelques mères brebis vainement objectèrent

    Des mais....., des si......, tous simultanément,

Jusqu'aux moindres agneaux de plaisir bondissant,

     Sur le champ même décampèrent,

Broutant à droite, à gauche, orges, seigles et blés.

Notre imprudent pasteur cependant se réveille,

Baille, se lève, et croit qu'il rêve, qu'il sommeille,

En voyant dans les champs ses moutons dispersés,

Par des cultivateurs à grands cris pourchassés.

Il accourt ; mais déjà la troupe vagabonde

Dans le taillis épais d'une forêt profonde

Venait de pénétrer. Accablé de douleur

Il s'arrête, il écoute..... O comble de malheur !

Des bêlements plaintifs, des hurlements de joie,

Viennent alors apprendre au malheureux Colin,

    De son troupeau la triste fin :

    Les loups en avaient fait leur proie.

O toi qui souvent suis avec empressement,

    Ardente et crédule jeunesse,

Les funestes conseils d'un mauvais garnement,

Souviens-t'en, c'est à toi que ma Fable s'adresse.

FABLE II.

LE PORC ET LE MOUTON.

Presque toujours l'on est victime
D'une trop bénigne douceur.

Aussi doux que pusillanime,
Robin-mouton était le vrai souffre-douleur
Des deux chiens d'un troupeau qui, sans cesse en leurs rondes,
Sans nul autre motif que leur amusement,
    Sur lui faisaient impunément
    Les charges les plus furibondes.
    Le pauvre animal se voyait
Journellement couvert de sanglantes morsures

Que sans mot dire il endurait.

Un jour qu'il léchait ses blessures

Et que sur son malheur il pleurait, gémissait,

Un porc, qui près de lui pâturait dans la plaine,

Vivement touché de sa peine,

Lui dit : — Mon cher ami, veux-tu

Par ces maudits mâtins ne plus être battu,

Et sans les redouter paître dans la prairie ?

Suis ce conseil : Voici le parti que je prends :

Quand je les vois sur moi courir avec furie,

Je me retourne vite et leur montre les dents.

LE CHIEN ET LES DEUX CHATS.

A Mlle H*****

Couché nonchalamment en travers d'un foyer
Dont il rendait aux chats l'accès inabordable,
Harpalos, chien de chasse, à l'humeur peu traitable,
Ronflait tout à son aise. Arrive du grenier
Maître Griffardineau, chat non moins irritable.
— Eh ! quoi, dit le matou, quoi, ce gros fainéant,
  Ce parasite, ce gourmand
Mangera, dormira, ne fera rien qui vaille,
Quand à chasser les rats sans cesse je travaille ;

Monsieur aura pour lui les meilleurs rogatons,
Ne me laissera voir que de loin les tisons.

    Sur ce, sans autre préambule,

    Il vous lui pose entre les yeux

    D'un coup de griffe une virgule.

En sursaut s'éveillant, Harpalos, furieux,
Fond sur lui, le poursuit, l'atteint et le terrasse,

    Presque éreinté l'étend sur place,

Et revient près du feu, sans plus ample discours,

    De son somme achever le cours.

Quelques instants après, se présente Minette,
Dont l'humble contenance et la taille fluette,
La robe bigarrée et l'air doux et poli
En font des angoras un modèle accompli.
Près du chien qui, les yeux demi fermés, sommeille,

    Elle s'approche doucement,

    Fait la mignarde à son oreille,

    Tourne à l'entour légèrement

    Et d'une façon délicate

Le caresse d'abord du nez et de la patte,

    Se place enfin et se chauffe aisément.

Par cette Fable apprends, ô ma gentille Hortense,
    Qu'on obtient tout par la douceur,
Et qu'on ne doit jamais braver la violence
    Des gens d'une irascible humeur.

L'OURS ET LES CHIENS.

Tandis que faisant face à deux ou trois bouteilles,
  Leur maître un soir au cabaret
  Tranquillement s'enluminait
  La trogne de couleurs vermeilles,
Un ours et quatre chiens, sur la paille étendus,
Venaient de bien souper, et tous contents, repus,
Riaient dans une grange, entre eux, à perdre haleine,
Des moyens qu'ils avaient, sur la publique arène,
Pour bien jouer leur rôle, employés le matin.
— Avez-vous remarqué, dit à l'ours un mâtin,

4.

Quand à peine lâchés pour vous livrer bataille,
Complaire aux spectateurs, misérable canaille,
Avez-vous remarqué, dites-moi, Monseigneur,
L'effet que produisit notre feinte fureur ?

    Dans un morne et profond silence,
    Pendant quelque temps l'assistance
Interdite en frémit d'épouvante et d'horreur.
— Oui, reprit celui-ci, tu dus voir, cher confrère,
    Qu'alors, en habile compère,
    Je feignis de m'évanouir ;
Qu'un rauque cri sorti du fond de mes entrailles,
Jusqu'en leurs fondements fît trembler les murailles,
Qu'un moment nos badauds crurent me voir mourir.
C'est grâces à ces tours, et grâces aux recettes,
    Qui sont de plus en plus complètes,
    Mes chers amis, que nous devons
    Les bons repas que nous faisons.

    Ah ! que n'agissez-vous de même,
    Pauvres lions, tigres, taureaux,
Alors que vous voyez de cruels animaux,
Portant le nom d'humains, prendre un plaisir extrême
A vous faire entre vous égorger en champ clos !

FABLE V.

L'IVROGNE ET L'ANE.

Un stupide animal de cette injuste race,
Qui sur toute autre a pris un absolu pouvoir
    Par son astuce et son audace,
    Un homme enfin, après avoir
    Conduit son âne à l'abreuvoir,
Au cabaret voisin en revenant s'arrête.
    Là, tandis qu'en docile bête,
    Le patient aliboron,
    Aux quatre vents, en pleine rue,
    Se morfond, fait le pied de grue,

Celui, dont l'espèce, dit-on,   -

Eut pour lot le bon sens, l'esprit, l'intelligence,

    De vin, de mets, jusqu'au menton

    Se gorge, se remplit la panse.

Bientôt il ne peut plus sur ses pieds se tenir ;

Le baudet lui revient alors à la mémoire ;

    Il lui semble se souvenir

    Qu'il ne l'a pas encor fait boire.

Sur sa croupe aussitôt il monte en chancelant,

Puis suivi de gamins de lui tous se moquant,

    A coups de bâton, non sans peine,

    A l'abreuvoir il le ramène.

    D'abord notre sobre animal

Reste sans vouloir boire, ainsi qu'un automate ;

Mais sentant tout-à-coup sur sa longue omoplate

Agir Martin-bâton d'un ton par trop brutal,

    Il rue, il regimbe, il s'agite

    Tant et si bien, qu'il précipite

Dans l'eau son conducteur, ainsi qu'un lourd paquet.

    Et comme notre bourriquet

    Parmi ses ancêtres comptait

    De Balaam l'illustre ânesse,

Et qu'aussi bien qu'elle il parlait,

A l'homme qui barbotte en ces mots il s'adresse :

— Toi qui de ta raison parles souvent si haut,

Et prétends la loger tout entière en ta tête,

Traites d'âne quiconque est à tes yeux un sot,

Dis-moi qui de nous deux est ici le plus bête ?

FABLE VI.

LE FERMIER.

— Oh ! si j'étais celui dont monsieur le Curé
Nous parle si souvent les dimanches, au prône,
Celui qui, nous dit-il, tout là-haut sur son trône,
Pour féconder nos biens, nous envoie à son gré
Le froid et la chaleur, la pluie et la rosée,
  Que je saurais plus à propos
Humecter, réchauffer la terre ensemencée,
  Et de nos blés à peine éclos
Écarter et la neige et la bise glacée !
Mais non ! quand il nous faut du soleil, un beau temps,

Il nous donne du froid , et quand un temps humide
Nous conviendrait, alors un vent brûlant, aride
Vient vite dessécher et nos prés et nos champs.
C'est ainsi que tout haut s'exprimait dans la plaine
Un fermier mécontent, qui, d'une peur soudaine,
Tressaillit, en voyant tout-à-coup à ses yeux
Paraître l'envoyé du puissant Roi des Cieux.
— Mon maître vient d'ouïr ton odieux blasphème ,
Lui dit le messager du monarque suprême,
Il pouvait te punir de ton impiété ;

    Inépuisable en sa bonté,

    Il te fait grâce, il te pardonne,

    Il fait même plus, il te donne

    Le pouvoir que tu désirais.

    Tu peux donc d'un mot, désormais,
Faire le chaud, le froid et la pluie, à ta guise,
Mais, note bien ce point, il faut, n'y manque pas,
Car telle est du Très-Haut la volonté précise,
Qu'à l'avenir chacun soit content ici-bas.

    Mon homme tout joyeux s'empresse
De faire, avec serment, promesse sur promesse,
S'engageant à n'user de son nouveau pouvoir

Que sagement après avoir

Très longtemps médité sur la chose publique.

De tout régler au mieux, notre Grosjean se pique.

Devenu souverain de l'empire des airs,

Il entasse d'abord nuage sur nuage,

Fait briller dans le ciel de rapides éclairs,

Se donne le plaisir de faire un bel orage.

Mais bientôt il entend des voisins irrités

Les diverses clameurs surgir de tous côtés.

— Eh ! qu'avons-nous besoin de pluie,

En jurant, blasphémant, s'écrie

Celui-ci dont les champs ne demandaient pas d'eau.

— Non, ne l'écoute point, fais, fais pleuvoir à seau,

Réplique celui-là, mes prés déjà jaunissent,

Veux-tu que tout-à-fait ils sèchent et flétrissent ?

— Fais bien vite souffler le vent,

Crie encore plus fort le meunier du village,

Mon pauvre moulin en chômage

Depuis quinze jours en attend. »

Sur ce, notre fermier *in petto* délibère,

Et comme alors ses champs se trouvaient en jachère

Et tous ses prés

Fort altérés,
Il répoud aux partis adverses
Par de torrentielles averses.

Tel, lors de nos élections,
Un politique personnage
Fait pour capter nos voix mille abnégations,
Met sa foi, sa parole et son honneur en gage ;
Mais vienne, hélas! le jour où ses engagements,
Avec ses intérêts, seront mis en présence :
Adieu promesses, beaux serments,
Adieu la pauvre conscience.

LE LOUP ET LE JEUNE SANGLIER.

Un loup gascon, maître en fait de jactance,
Contait qu'ayant à peine atteint l'adolescence,
Il avait terrassé dix des plus acharnés
D'un grand nombre de chiens contre lui déchaînés.
    Poussé par sa fougue guerrière,
Il avait, disait-il, fait mordre la poussière
      A certain effronté chasseur
      Qui, par une attaque soudaine,
      Avait de sa méridienne
      Osé troubler la paisible douceur ;

Enfin il s'était, à l'en croire,

Par cent exploits couvert de gloire.

Un jeune sanglier, à qui ce fanfaron

De ses glorieux faits débitait les merveilles,

Immobile, en extase, et tout attention

Prêtait complaisamment de crédules oreilles.

— Maître, reprend le marcassin,

Combien j'admire en vous ce précieux courage

Qui vous fait circuler de chemin en chemin

Et même pénétrer sans peur dans un village.

Exempt de paniques terreurs,

Vous allez, vous venez, vous reposez sans crainte

Et, loin d'agir avec contrainte,

Vous mettez en déroute et limiers et chasseurs.

Un tel talent ferait le bonheur de ma vie ;

Veuillez, oh ! veuillez, je vous prie,

Me montrer vos secrets, vos tours dans les combats,

Je sens au fond du cœur un vif feu qui m'inspire

Et qui tout bas semble me dire

Que devant l'ennemi je ne broncherais pas.

— L'ardeur dont ton œil étincelle,

Répond le loup, mon jeune ami, décèle

D'heureuses dispositions,
Et si tu recevais de moi quelques leçons,
Bientôt l'on te verrait, j'en suis certain d'avance,
Des chiens les plus hardis abattre l'arrogance.
Je veux donc, dès ce jour, de ces grands aboyeurs
T'enseigner à braver les bruyantes clameurs,
T'apprendre à leur livrer de sanglantes batailles,
A te jouer enfin de ces viles canailles.
Comme il se disposait à pérorer encor,
Tout-à-coup retentit le son perçant d'un cor,
Et de robustes chiens, à la voix menaçante,
  Paraît une meute effrayante.
  Que font alors nos champions ?
Contre un chêne acculé notre amateur de gloire
Culbutant, déchirant les chiens les moins poltrons,
  Balance longtemps la victoire,
  Tandis que, confus et tremblant,
Celui qui se vantait de mettre tout en fuite,
  Baissant la queue, adroitement
  S'esquive et détale au plus vite.

Sur la seule apparence il ne faut pas juger :
Le faux brave est vaillant, mais fort loin du danger.

LE CITRON.

Quel vif plaisir m'a fait ressentir cette belle !
Se disait un citron que la jeune Isabelle
Avait, en déjeunant, tendrement pressuré,
  Dieux ! quel bonheur j'eus avec elle !
  Mais hélas ! il a peu duré.
  Changeant de mets, cette infidèle,
Après m'avoir étreint, dans sa main bien pressé,
  Tout de suite m'a délaissé.

Jeunes gens que Plutus, dans le commun partage,

\

Gratifia d'un large don,
Vous que souvent séduit fillette au cœur volage,
Gardez-vous d'être un jour traités comme un citron.

LE BAIGNEUR ET LE MARINIER.

Un habile nageur se baignait dans la Seine.
Feignant de ne pouvoir se soutenir qu'à peine,
Voici que tout-à-coup il se met à crier :
Au secours ! je me noie ! Un brave marinier,
Qui travaillait non loin, à ce cri de détresse,
  Sans le moindre retard, s'empresse
  D'accourir avec son bateau.
Jugez de sa surprise : il le voit en pleine eau
  Fendre les flots d'un bras agile,
  Sur son dos rester immobile,

Puis, lui faire la nique avec un ris moqueur.
Tout confus d'être ainsi dupe de son bon cœur,
  Il s'en retournait sans mot dire,
Lorsque subitement par des crampes surpris,
Notre mauvais plaisant, cette fois non pour rire,
S'agite et fait ouïr de plus belle ses cris.
  Bien vaine alors fut sa requête.
L'obligeant batelier, qui, d'un coup d'aviron,
L'eût pu certes sauver des eaux de l'Achéron,
S'en alla doucement sans retourner la tête.

  Qu'il dise ou non la vérité,
Le menteur reconnu n'est jamais écouté.

LE MERLE ET LA TOURTERELLE.

A Mme A*****

— Qu'ai-je fait pour qu'on me décrie,
Pour que sans cesse on m'injurie,
Disait, tout en se lamentant,
Une gentille tourterelle :
A nul oiseau je n'ai pourtant
Jamais fait aucun mal, jamais cherché querelle.
Ah ! si du moins je connaissais
Ce qui peut en moi tant déplaire,

Aussitôt je m'étudirais

A réformer mon caractère.

Du fond de son épais taillis,

Un vieux merle, témoin de cette humeur chagrine,

Lui répond : — Ma chère voisine,

D'une telle pensée éloignez les soucis.

Modeste, gracieuse, aussi bonne que belle,

Vous êtes, je le dis ici sans compliment,

Des oiseaux de ce bois le plus parfait modèle.

Mais par votre beauté vous faites le tourment

D'une laide perruche et d'une jeune pie

Qui, lorsqu'on vous admire, en suffoquent d'envie.

Hier, au grand bosquet, on put aisément voir

Dans leur feinte gaité percer leur désespoir.

Elles jasaient, riaient, forgeaient sur votre compte

Les plus affreux propos, le plus absurde conte.

De leurs calomnieux éclats,

Toutefois, mon enfant, ne vous alarmez pas.

Tôt ou tard, croyez-moi, triomphe l'innocence.

En vain cette maudite engeance

Fera sur vous mille paquets,

Aux yeux du peuple ailé voudra vous rendre noire :

Pour répéter ses sots caquets,

Elle ne trouvera que de plats perroquets

Et que des buses pour y croire.

LE ROSSIGNOL ET LE JARDINIER.

— Oui, je le jure, à ma cuisine
Vous irez tous jusqu'au dernier,
Disait un jour un jardinier
En ajustant sa carabine
Sur un rubicond cerisier
Que de gourmands moineaux une bande impudente,
Du matin jusqu'au soir, à sa barbe, à ses yeux,
Dévalisaient à qui mieux mieux.
Le coup part sous le doigt qui presse la détente,
Et soudain tombent palpitants

Quatre blessés et trois mourants.

Au nombre des premiers il voit battant de l'aile,

De son sang rougissant le sol,

Un jeune et joli rossignol

Qui dans ces termes l'interpelle :

Pour me traiter ainsi, méchant, que t'ai-je fait ?

M'as-tu vu te causer le moindre préjudice ?

Sans une criante injustice

Peux-tu me reprocher le plus léger méfait ?

Pour te complaire, avant l'aurore

Je te réveillais par mes chants ;

Je détruisais les vers et mainte autre pécore

Vivant de fruits à tes dépens ;

Je leur faisais à mort une incessante guerre,

Et sur moi sans égard dirigeant ton tonnerre,

Tu me frappes, ingrat, de ton plomb meurtrier !

— Mon cher, répond le jardinier,

Je suis au désespoir, crois-le bien, je te prie,

De m'être ainsi trompé, de ne pas t'avoir vu ;

Mais aussi, dis-moi donc, pourquoi te trouves-tu

En si mauvaise compagnie ?

L'OURS ET LES ÉCUREUILS.

Dans un bois, au sommet d'un chêne séculaire,
De jeunes écureuils pour mieux tuer le temps
(La jeunesse d'un rien souvent sait se distraire),
    En riant se lançaient des glands.
Dans le fort du combat, traversant le feuillage,
Un de ces verts boulets, sur la fin de son cours,
    Va tomber sur le nez d'un ours
    Qui passait dans le voisinage.
Cet ours, de la forêt très grave personnage,
Était d'un caractère orgueilleux, emporté,

Il se croit le jouet de la troupe en gaité,

Et les yeux flamboyants devant l'arbre il se dresse :

   — Quel est, leur dit-il, l'insolent

   Qui vient d'avoir la hardiesse

   De me jeter au nez un gland ?

   Je veux de cette insigne offense

Par la mort du coupable avoir prompte raison.

— Monseigneur, veuillez bien croire à notre innocence

Et mettre de côté toute prévention.

Nous pouvons l'affirmer en toute conscience :

   Nul de nous ne vous avait vu.

   L'être emporté par la colère

Se trouve tout-à-coup de raison dépourvu.

   Aussi sur l'arbre tutélaire,

Sans daigner écouter, l'animal furieux

   Veut-il, pour happer sa victime,

   Monter, grimper jusqu'à la cîme.

   Sous ses mouvements onduleux,

   Crac ! soudain se rompt une branche,

Il dégringole, tombe et se casse une hanche.

FABLE XIII.

LA JEUNE FEMME ET LA BONNE D'ENFANT.

Vous qui vous emportez, tempêtez tout d'abord,
Sans entendre les gens soudain leur donnez tort,
Modérez un instant votre humeur irritable,
Et veuillez, je vous prie, écouter cette Fable.

Un soir d'été, dans le jardin,
Au moment où déjà commençant sa carrière
L'astre des nuits versait sa douteuse lumière,
Lisette promenait sur le bord d'un bassin
Le fils de la maison, qui n'avait pas encore

Atteint sa quatrième aurore.

Tout mécontent de voir sa bonne refuser

L'objet que convoitait sa curieuse envie,

Notre marmot se met à pleurer, à pousser

Des cris longs et perçants. — Sotte, de loin s'écrie

La dame du logis, prenez-vous donc plaisir

A fâcher cet enfant, à le faire souffrir ?

Donnez-lui ce qu'il vous demande.

— Mais, Madame, répond Lisette incontinent,

Il veut... — Taisez-vous, à l'instant

Faites ce que je vous commande,

Ou bien sortez d'ici. — Mais il veut... A ces mots

L'œil en feu, furieuse, étouffant de colère,

Elle allait renvoyer la pauvre chambrière,

Lorsqu'attiré par ce bruit, ces sanglots,

Le mari se présente et s'enquiert de l'affaire.

— Votre fils, dit Lisette, en cette eau vient de voir

La lune qu'il désire avoir.

Le croirez-vous, Monsieur, eh bien ! Madame ordonne

Que sur-le-champ je la lui donne.

LE POULAIN ET SA MÈRE.

— Qu'ils sont heureux, disait à sa mère un poulain,
Ces superbes chevaux qu'à ce char on attèle !
L'argent de toutes parts sur eux brille, étincelle !
Bien nourris, bien choyés, pansés soir et matin,
Leur plus grande besogne est d'aller à grand train
Promener du château notre maître à la ville ;
   Tandis que nous, d'un pas lent et tranquille,
      Journellement nous labourons
      De durs, de pénibles sillons.
Mère, convenez-en, l'injuste destinée

Ne nous a pas favorisés.

Comme il parlait encore, au grand galop trainée

Sur un chemin bordé de dangereux fossés,

La calèche à l'instant culbute.

Dans cette affreuse et triste chute

Chevaux, maitre et valets ont les membres brisés.

— Que cette déplorable scène,

Dit alors la jument, mon cher enfant, t'apprenne

A réprimer en toi de vaniteux désirs.

L'apparence est souvent trompeuse :

J'ai vu tout couverts d'or, de rubans, de saphirs,

Sur la tête portant une aigrette onduleuse,

De nos plus grands seigneurs des chevaux, des juments,

Qui paraissaient avoir le bonheur en partage,

S'avouer moins heureux que le cheval des champs

Qui de son humble sort se contente en vrai sage.

FABLE XV.

LES CHIENS.

Un jeune levrier, d'un fort doux caractère,
        Avec son maître voyageait.
        Dans un hameau comme il entrait,
La queue en l'air, cherchant connaissances à faire,
Voilà que tout-à-coup tous les chiens du pays,
Jusqu'aux moindres roquets, accourant à grands cris,
        Sur lui brutalement se jettent
Et sur le sol boueux le roulent, le maltraitent.
Notre pauvre animal, tout meurtri, tout sanglant,
        Se relève clopin-clopant,

Puis, à ses agresseurs en ces mots il s'adresse :

    — Quel est le motif du courroux

  Qui sur moi vous fait ruer tous?

Vous aurais-je, en entrant, fait quelque impolitesse?

Pour la première fois j'arrive parmi vous.

Contre moi pourquoi donc une telle colère ?

    — Mon cher, répond le plus gros chien,

  Personne ici n'a, je crois bien,

  Le moindre reproche à te faire ;

Mais sache que chez nous, lorsque survient un frère

Qui nous est inconnu, pour chasser notre ennui,

Aussitôt sans pitié nous nous jettons sur lui.

  Souvent a lieu plus révoltante scène,

Non pas parmi les ours, les tigres, les lions,

    Mais bien parmi la gent humaine,

Sans bruit, à coups de langue, en de riches salons.

L'ARAIGNÉE ET LE MOUCHERON.

Un enfant dont l'intelligence
Commençait à percer le voile ténébreux
    Dont la discrète providence
En nous donnant le jour couvre nos faibles yeux,
Observait, contemplait d'un regard curieux
Une grosse araignée aux bras longs et livides,
Qui montant, descendant, sans règle, ni compas,
En silence traçait de ses réseaux perfides
    Le symétrique canevas.
    En vain dans sa petite tête

Il cherche à s'expliquer où prétend en venir

. Cette incompréhensible bête.

Il l'aperçoit alors s'avancer et saisir

Un pauvre moucheron qui, d'une aile imprudente,

En frôlant de trop près sa toile transparente,

Par les pattes se trouvait pris.

D'une semblable scène indigné, tout surpris,

Notre enfant sur-le-champ court auprès de son père

Et de son mieux lui raconte l'affaire.

— Mon fils, dit celui-ci, ce petit animal

Qui t'intéresse tant, seul a causé son mal.

Sourd aux sages conseils que lui donna sa mère,

Il n'écouta jamais la plus courte leçon ;

Comme bien des enfants que ce siècle a vus naître,

Qui veulent à quinze ans en montrer à leur maître,

Né d'hier il voulut faire le grand garçon,

Voltiger à son gré, s'élancer dans l'espace,

Il est, comme tu vois, puni de son audace.

LE VANNIER ET LE VILLAGEOIS.

Avec des brins d'osier, de tilleul et de chêne
    Que pendant la sève il tressait
    Et courbait sans la moindre peine,
    Un habile vannier faisait
D'admirables paniers, de symétriques cages
    Et maints autres charmants ouvrages.
    Son goût et sa dextérité
Lui procuraient au loin de nombreuses pratiques.
    Un villageois inexpérimenté

Et surtout des plus apathiques,

Vint un jour lui montrer de ces différents bois,

Un fagot, notez bien, coupé depuis trois mois

Et dont la sève était entièrement tarie

— Pourriez-vous, lui dit-il, faire avec ce paquet,

    Aujourd'hui même, je vous prie,

    Deux grands paniers à bourriquet ?

    Le vannier d'abord dépaquète

Le bois qu'on lui présente ; afin de l'essayer

Il en tire des brins qu'il veut faire ployer.

    Mais de même qu'une allumette

    Eclate et rompt chaque baguette.

— Votre bois, répond-il, d'un excellent gravier,

Dans sa sève eut pu faire un très solide ouvrage;

Maintenant il ne peut être d'aucun usage,

A moins qu'à vous chauffer vous veuilliez l'employer.

    A l'école dès le jeune âge,

Parents qui négligez d'envoyer vos enfants,

Craignez, quand vous voudrez un jour les faire instruire,

Comme à mon villageois de vous entendre dire :

    Il est trop tard, il n'est plus temps.

LE RENARD ET LE LOUP.

Maître renard venait de dérober une oie.
Comptant dans son terrier s'en donner à cœur-joie,
    Il s'y rendait quand tout-à-coup
    Il fait la rencontre d'un loup
    Qui veut s'emparer de sa proie.
— Voleur, dit ce dernier, cette fois je te prends
    A rapiner, piller les gens
Qui, de tes actions m'imputant l'infamie,
Me poursuivent sans cesse, en veulent à ma vie.
Aujourd'hui, scélérat, tu vas me le payer.

Mon renard, sans trop s'effrayer,

Dépose tout d'abord à terre sa volaille,

Puis, en montrant les dents, s'apprête à la bataille.

Pendant ce temps, droit au logis,

L'animal emplumé, de sa frayeur remis,

S'envole vite,

Laissant nos deux voleurs penauds, tout ébahis.

Jamais d'un bien volé le fripon ne profite.

LES DEUX BACHELIERS ET LE VILLAGEOIS.

Il est des gens que la science
Gonfle d'orgueil et d'arrogance.
Faites-leur, sans prétention,
Même avec force égards, une observation,
Ils ne vous répondront qu'avec impertinence.

Deux jeunes bacheliers ensemble voyageaient,
Et, tout en cheminant, de science parlaient.
Ils virent, en entrant dans un petit village,
Une enseigne représentant
Près d'une jeune fille un jeune adolescent

Qui semblait lui tenir un amoureux langage.

Le fond de cette enseigne orné d'un vert feuillage

Paraissait quelque peu ressembler à l'Eden.

Au-dessous on lisait en très gros caractères

Ces trois mots : *O deus amen.*

— Comment expliquez-vous, dit l'un des deux confrères,

Cette latine inscription ?

Après mûre réflexion,

— Je crois voir, répond l'autre, auprès d'Eve inquiète

Adam, de son péché contrit,

Dire au Seigneur qui le punit :

Que votre volonté soit faite.

Un villageois assis à quelques pas

Prêtait à ce colloque une oreille attentive.

Il se lève, salue et d'une voix craintive

Leur dit : — Je puis, Messieurs, vous tirer d'embarras.

— L'ami, tout aussitôt réplique

L'un de nos deux savants, d'un air fort ironique,

Réponds-moi, ne serais-tu pas

Descendant de Gros-Jean de célèbre mémoire,

Qui, d'après ce que dit l'histoire,

En remontrait à son curé ?

6.

— Nenni, Monsieur, mon père avait nom Paul Dupré.

    Pauvre, il ne put me faire instruire

    Que quand je n'allais pas aux champs,

Et cependant je puis très facilement lire

    Sur cette enseigne : *Aux deux amants*.

LES DEUX GEAIS ET LE PINSON.

A l'époque où déjà le peuple ailé des bois
Eprouve du soleil la secrète influence,
Voltige d'arbre en arbre et tout joyeux commence
A sentir de l'amour l'impérieuse voix ;
Un geai, qui n'était pas de première jeunesse,
Parlait et reparlait du matin jusqu'au soir
    D'une sémillante maîtresse
    Dont il venait de se pourvoir.
Elle était, disait-il, pour lui tout cœur, tout flamme,
    Et, si parfois il s'absentait,

Toujours à son retour il retrouvait la dame
Qui de ne plus le voir déjà se lamentait.
Grâce à tant de jactance, à tant de bavardage,
      Son incomparable beauté
      Avait acquis dans le bocage
      Une grande célébrité.
Désireux d'obtenir cette rare merveille,
Un geai, qui ne comptait encor que deux printemps,
Fin, vif, aux yeux d'azur, à la huppe vermeille,
Ayant un petit air des plus entreprenants,
Discrètement s'en va lui déclarer sa flamme,
Tandis que mon bavard, dans de lointains bosquets,
Racontait ses amours et ses heureux succès.
Sur tout cœur féminin (soit dit sans épigramme)
Un compliment toujours produit un bon effet :
Galant et beau diseur était mon freluquet.
      Aussi bientôt sous la coudrette
      Se mit-il à compter fleurette
      Tant et si bien qu'à son vieux geai
      Notre belle donna congé.
Celui-ci, furieux, soudain livre bataille
A son jeune rival ; mais n'étant pas de taille

En un clin d'œil il fut bel et bien déplumé,

A grands coups de bec assommé.

Un caustique pinson, témoin de la querelle,

Le voyant ainsi fait, boiteux, tirant de l'aile,

Allant clopin-clopant, le désespoir au cœur,

Lui dit d'un ton demi-railleur :

— Si tu peux voir un jour repousser ton plumage

Et près du sexe encore obtenir du succès,

Rappelle-toi ce vieil adage :

Amants heureux, soyez discrets.

LIVRE TROISIÈME.

FABLE I.

A Mlle Céleste ..

Tu veux donc, ô ma chère enfant,
Que sur le tapis te mettant
Sur toi je compose une fable ?
Tout d'abord sache qu'il me faut
Chercher à reconnaître en toi quelque défaut
Qui soit de mon sujet le but indispensable.
Or, ce matin, voulant répondre à ton désir,
En vain, pour en trouver, je me creusai la tête ;
Sur ton compte je fis la plus sévère enquête,
(Soit dit sans compliment) je n'en pus découvrir.

Déjà j'abandonnais mon œuvre commencée
        Quand Apollon me dit tout bas :
Pauvre poète, eh quoi, faut-il que ta pensée
Soit pour si peu de chose en un tel embarras !
        Puisque tu ne vois en Céleste
Que candeur et bonté, franchise, air doux, modes te,
        Donne à ta fable un autre tour.
        Des perfides pièges qu'un jour
        On s'empressera de lui tendre,
        Par un apologue frappant,
        Fais qu'elle apprenne à se défendre.
        De ce divin maître écoutant
Le secourable avis, je pris le trait suivant.

LA GAZELLE, SA FILLE ET LE LOUP.

        Une toute jeune gazelle,
        Qui commençait à trottiner,
Suppliait sa maman de vouloir la mener
Voir la grande forêt, brouter l'herbe nouvelle.

Mère gazelle redoutait

D'exposer sa fille chérie

Aux dangers qu'au grand bois fréquemment on courait.

Avec raison elle pensait

Qu'au moindre bruit, tout ahurie,

La pauvrette ne saurait pas

Dans le taillis suivre ses pas.

Sois, lui dit-elle un jour, sois moins impatiente,

Ma chère fille, et dans un mois,

Alors que tu seras plus leste et plus prudente,

Tu viendras avec moi te promener au bois.

Je t'en ferai brouter les plus tendres herbages,

Nous nous reposerons sous ses charmants ombrages

Et je t'en montrerai les dangereux endroits ;

Mais jusque-là sans moi, Bichette,

Je te l'ai déjà dit et je te le répète,

Ne sors pas du rocher, notre toit protecteur,

A toute indocile chevrette

Sache que tôt ou tard il arrive malheur.

Il est des animaux qu'une simple défense

Porte à la curiosité ;

Bichette était du nombre. Un jour, lors d'une absence

Que fit sa mère, elle eut de la verte cité
      Le désir de goûter l'herbage.
Elle sort du logis, avance en hésitant,
      S'arrête, puis reprend courage,
      Avance encor, mais à l'instant
De la maraude à jeun un gros loup revenant
      Se présente sur son passage.
Jugez de sa frayeur : l'animal carnassier
      Sur ses traces se précipite.
Comme il allait l'atteindre et lui faire expier
      Son impardonnable conduite,
La mère, par bonheur, en cet affreux moment,
      Vient à passer et voit sa fille
      S'enfoncer dans une charmille.
      Elle accourt et soudain tombant
      Devant la bête furieuse,
      Elle contrefait la boiteuse,
Retombe, au loin l'attire, agit tant et si bien
      Que, par ce captieux moyen,
Elle arrive à sauver l'objet de ses alarmes.

Quand trois nouveaux printemps développant tes charmes

Sur toi, chère Céleste, auront encore lui,

Souviens-toi de ma fable, et surtout, je l'espère,

Garde-toi d'oublier que le cœur d'une mère

Pour une jeune fille est le plus ferme appui.

LE VIEUX BARBET ET LE JEUNE CHIEN.

Des enfants (à cet âge on s'amuse d'un rien)
    A la croupe d'un jeune chien,
Au moyen d'une longue et traînante ficelle,
    Venaient d'attacher un sabot.
Soudain ils lui font peur. L'animal au galop
    Enfile aussitôt la venelle,
    Dans sa frayeur s'imaginant
Aux gestes des passants, à leurs cris effroyables,
Aux coups que le sabot lui donne en bondissant,
A ses trousses avoir de l'enfer tous les diables.

Enfin, n'en pouvant plus, il tombe. Un vieux barbet,

  Qui naguère avait en Crimée

  Suivi notre vaillante armée,

L'aborde, lui fait voir de sa terreur l'objet,

  Coupe avec les dents la ficelle

Et lui dit : — Mon ami, que ceci te rappelle

Qu'en toute occasion il faut envisager

Et savoir froidement calculer le danger.

LE FRÊNE ET L'ORMEAU.

Fier d'avoir pour abri le sommet protecteur
    D'un robuste et superbe chêne,
    De la forêt puissant seigneur,
      Un jeune frêne
D'un faux air de pitié regardait un ormeau
Dont le vent en tous sens secouait le branchage.
    — Que je te plains, pauvre arbrisseau,
    Lui disait-il en son langage,
    Que ton sort diffère du mien !
Sur le bord du chemin, sans abri, sans soutien,

Le moins fougueux des vents précurseurs de l'orage
T'agite et te tourmente, et, pour comble d'affront,
Jusqu'à terre souvent te fait courber le front.

    Je crains bien qu'un jour la tempête
    D'un coup ne t'abatte la tête.
    Offensé de ce ton, l'ormeau
    Au discoureur allait répondre :
    Il était prêt à le confondre,
    Quand deux bucherons du hameau
    Viennent saper le pied du chêne
    Qui d'abord vacille un moment,
Et qui, presque aussitôt avec fracas tombant,
    Dans sa chute entraîne le frêne.

FABLE IV.

LES DEUX RATS.

Tranquilles possesseurs du trou de feu leur père,
    Deux rats sur un mont solitaire
Vivaient de leur travail, sans souci, fort heureux.
Sans cesse on les voyait le matin dès l'aurore
Jusqu'à l'heure où du jour l'astre majestueux
Touchant à l'horizon de pourpre se colore,
Non sans peine rouler, engranger au logis
Noix, haricots, raisins et divers autres fruits.
Aussi lorsque traînant après lui la disette,
Le sombre et triste hiver, hérissé de glaçons,

Venait couvrir le sol de ses neigeux flocons,

Nos deux frères, rentrés dans leur humble chambrette,

Goûtaient-ils les plaisirs d'une douce retraite.

Mais qui sait du bonheur longtemps se contenter !

    Un jour, ennuyé d'habiter

    Son modeste et champêtre asile,

Un de nos rats conçut le projet de porter

    Ses dieux pénates à la ville.

En vain son frère en pleurs veut le dissuader,

De la cité lui peint les dangers, les alarmes,

Les piéges qu'à tout pas il faut appréhender.

Tel qu'un roc il demeure insensible à ses larmes.

Enfin, en s'embrassant, ils se font leurs adieux.

Trois mois s'étaient passés. D'un heureux mariage

Le campagnard avait serré les tendres nœuds,

Et déjà ses enfants autour de l'ermitage

Trottinaient, gambadaient, couraient à qui mieux mieux.

    Pendant une nuit pluvieuse,

Tandis que réunie au souterrain réduit,

Des affaires du temps la famille joyeuse

Devisait, on entend à la porte du bruit ;

Et bientôt apparaît, trempé jusqu'à la moëlle,

Le plus hideux des rats, marchant clopin-clopant,

 Et dans son orbite roulant

D'un œil tout éraillé l'effrayante prunelle.

— Que vois-je? Est-ce bien toi? Dois-je en croire mes yeux,

Dit le rustique rat, par quel destin contraire

 Te trouves-tu réduit, grands dieux !

 A cet état, mon pauvre frère ?

— J'ai mérité mon sort, répond le citadin ;

Sourd à ta voix, j'ai cru qu'habitant de la ville,

 Il m'eût dès lors été facile,

 Me promenant soir et matin,

De faire à chaque instant ripaille sur ripaille.

Hélas ! si j'ai passé quelques moments heureux,

En faisant bonne chair, en jouant sur la paille,

 O juste ciel, qu'il fut affreux

 L'autre côté de la médaille !

 Un certain soir apercevant

Une très belle noix par un fil attachée,

Je touche à peine au fil que crac ! il se détend ;

Je veux fuir, mais soudain ma queue est arrachée.

Une autre fois j'étais avec plusieurs amis

Savourant d'un pâté les succulents débris,

Voilà que tout-à-coup au milieu de nous tombe,

 Comme une véritable bombe,

 Un féroce et monstrueux chat

 A qui je dois ce triste état.

 Mais las ! ce n'est pas tout encore !

Je voulus, ce matin, grignoter un gâteau

Qui, bien qu'il me parût aussi friand que beau ,

Me cause en ce moment un feu qui me dévore.

Notre rat achevait à peine ce récit

 Qu'en ses entrailles il sentit

D'un corrosif poison les mortelles atteintes ;

Et bientôt torturé par de vives étreintes,

 D'une faible voix il reprit :

— O vous, dignes enfants de mon bien-aimé frère,

 Témoins de mon heure dernière,

Voyez où des plaisirs conduit l'attrait trompeur.

Trop tard je reconnais ma malheureuse erreur ,

Et vois que le travail, une modique aisance,

 Une tranquille conscience,

 Sont les bases du vrai bonheur.

FABLE V.

LE RENARD ET LE JEUNE LOUP.

— Ah ! je vais donc manger cette fois du canard !
Disait un jeune loup, d'un naturel bavard,
Au renard son voisin. Ne sachant trop que faire,
Ajouta-t-il, ce soir, afin de me distraire,
    Je flânais au dehors du bois.
    En côtoyant la métairie
Qui s'élève au milieu de la grande prairie,
    Par l'effet du hasard je vois
Un gros et gras canard que, dans une chambrette,
Dont la porte se clôt par une chevillette,

La domestique du logis

Enfermait malgré tous ses cris.

— Bonne aubaine, me dis-je, il me sera facile,

Quand il fera bien nuit, que tout sera tranquille,

D'aller, l'ami, te déloger.

— Ce coup, mon cher voisin, offre un certain danger,

Reprend maître renard, agis avec prudence,

Surtout ne te hâte pas tant,

Et choisis un propice instant.

De vieux renards, en qui j'ai pleine confiance,

M'ont plus d'une fois attesté

Que les chiens de ce lieu, sans cesse en surveillance,

Ne se couchent jamais que le coq n'ait chanté.

Donnant dans cet avis, qu'il croit très salutaire,

Notre crédule loup va dans une clairière

Attendre le signal du réveille-matin,

Et dès ses premiers cris se met vite en chemin.

Quel désappointement ! Plus de bête emplumée !

De la chambrette il voit la porte non fermée ;

De plus, pour comble de malheur,

Deux gros matins, avec ardeur,

Soudain courent à sa poursuite

Et le font jusqu'au bois détaler au plus vite.

    Il y trouve notre renard

Qui, s'étant à l'avance emparé du canard,

Lui dit en le croquant : — Que ce petit déboire

Reste à jamais, mon cher, gravé dans ta mémoire ;

Suis surtout ce conseil et fais-en ton profit :

    Trop parler nuit.

FABLE VI.

LUE LORS DE LA DISTRIBUTION DES PRIX AUX ÉLÈVES DE L'ÉCOLE
COMMUNALE DE VERMENTON.

LA TOURTERELLE.

Autrefois une tourtèrelle
Ayant eu la douleur de voir un épervier
Lui ravir son mari, des époux le modèle,
Renonça pour toujours à se remarier.
Désirant cependant ne pas vívre inutile
(Chacun se doit à la société),
Elle ouvrit dans le fond d'un bocage écarté
Une école aux petits de la gent volatile.

Tous indistinctement gratis furent admis.

— Sachez, leur disait-elle, ô mes petits amis,

Qu'il existe pour tous un bon, mais juste maître

Qui punit tôt ou tard sans pitié le méchant

    Et récompense l'innocent.

    Gardez-vous de le méconnaître.

Soyez toujours d'affable et bienveillante humeur :

    La douceur et la bienveillance

    Sont des vertus qui viennent d'un bon cœur.

Jouez, amusez-vous, mais que la violence

Ne trouble pas vos jeux : très souvent on commence

Par des propos piquants, et puis bientôt avec

Les mots injurieux viennent les coups de bec.

    Jamais d'orgueil : la modestie

Plaît et gagne les cœurs ; surtout, mes chers enfants,

Des oiseaux mal famés fuyez la compagnie.

    Ce fut ainsi qu'en peu de temps

    Notre fervente tourterelle

    Parvint par ses soins incessants

A faire de sa classe une école modèle.

C'était plaisir de voir tous ces petits oiseaux

Doux, soumis, attentifs à ses moindres signaux,

Suivre en tout ses leçons, respecter ses défenses.

Mais hélas ! arriva l'époque des vacances !

Nos oisillons joyeux ont hâte de revoir

Leurs papas, leurs mamans qui, du matin au soir,

En pleine liberté, sans soucis les laissèrent

   Et se montrèrent

Souvent plus qu'indulgents pour leurs petits méfaits.

Quel changement, grands dieux, lorsque vint la rentrée!

Que l'exemple du mal a de fâcheux effets !

Un petit geai pimpant, à la mine assurée,

Jusque-là si modeste, à chacun se vantait,

Étalait fièrement son aile diaprée,

   Prenait des airs et s'admirait.

Une jeune margot, jadis la douceur même,

   A ses cris mêlant le blasphème,

   Jacassait et se disputait,

   A ses voisins cherchait querelle.

   Au désespoir, la tourterelle

Veut imposer silence, un malin sansonnet

Répond effrontément par un coup de sifflet

   Suivi d'un horrible tapage.

   Tous s'en mêlent jusqu'au plus sage ;

Pour mettre à la raison tout ce peuple mutin,
Elle veut employer un sévère langage ;
   Malgré ses efforts, son courage,
La pauvre institutrice y perdit son latin,
Et s'en alla cacher loin de là sa tristesse.

Parents, qui m'écoutez, qui vous plaignez sans cesse
Que vos enfants, ainsi que mes petits oiseaux,
N'ont ni docilité, ni respect, ni tendresse,
   Sont dissipés, ont des défauts,
Et qui vous étonnez de ce qui peut produire
   Ce mal qui tous les jours empire,
Je pourrais bien ici tout haut le décliner ;
Mais, comme ce serait peu séant de le dire,
   Je vous le laisse à deviner.

FABLE VII.

LE DOGUE ET LE JEUNE CANICHE.

Un dogue poursuivait un tout petit caniche
Qui, plus leste que lui, put gagner le devant
Et se blottir au fond de son étroite niche.
— Poltron, dit le mâtin de colère écumant,
    Toi qu'on voit provoquer sans cesse
Tous les chiens du pays, en jappant après eux,
De te cacher ainsi n'es-tu donc pas honteux ?
Sors et viens me montrer ta belliqueuse adresse.
— Vous m'appelez poltron, reprit le jeune chien,
    Mais, dites-moi, croyez-vous bien,

Vous, de force à rosser vingt roquets de mon âge,
Vous qui pourriez, dit-on, lutter contre des loups,
Qu'en proposant de me battre avec vous
    Vous faites preuve de courage?

    Ainsi pense le spadassin ;
Il se croit un César et n'est qu'un assassin.

LES SINGES ET LES CHIENS.

Certain industriel de singes faisait voir
Au milieu d'une foire un complet équipage
Que lentement traînait, du matin jusqu'au soir,
De chiens tout essoufflés un nombreux attelage.
Sur le siége, singeant l'air grave d'un cocher,
L'un deux, vilain magot de la plus laide espèce,
Semblait, armé d'un fouet qu'il agitait sans cesse,
    A lui seul faire tout marcher.
    Les autres, effrontés paillasses,
    Grands maîtres en fait de grimaces,

Gambadaient sur le char, s'accrochaient en tous sens,
　　Prenaient des poses oratoires,
Faisaient habilement manœuvrer leurs machoires
　　A la face des assistants,
En un mot, attiraient sur leur troupe bruyante
Les regards de la foule à la bouche béante.

　　Un spectateur apercevant
Tout près d'un pâtissier l'ambulante boutique,
Achète et fait pleuvoir sur le peuple mimique
　　L'humble fonds de ce commerçant.
Pourvus, comme l'on sait, d'une extrême souplesse,
Tous nos singes alors de grimper à l'envi
　　Et de happer avec adresse
Le gâteau qui d'un autre est aussitôt suivi ;
Tant et si bien qu'enfin, dans tout ce gaspillage,
Nos maîtres bateleurs, jusqu'au menton repus,
Ne laissèrent tomber sur le pauvre attelage
　　Que des miettes et rien de plus.

De la société telle est souvent l image.
Que de gens de mérite oubliés, repoussés,
　　Et d'intrigants récompensés !

LE LIÈVRE AU GITE.

D'un naturel non moins indolent que poltron,
Un lièvre, dès l'aurore, avait pris domicile
    Sur un coteau, près d'une ville,
    Dans un gros et sombre buisson.
Je puis donc, se dit-il, maintenant de mon gîte
Voir de loin les chasseurs venir de mon côté,
Et, dans ce cas, je peux à l'avance, au plus vite
Déloger et m'enfuir en lieu de sûreté.
A peine venait-il d'achever sa pensée
Qu'il en voit paraître un à plus de cinq cents pas,

Qui vers lui, malgré la rosée,

Marchait à travers champs, le fusil sur le bras.

Dois-je à l'instant partir, ou bien faut-il attendre ?

Pense-t-il ; si je pars, quel chemin faut-il prendre ?

Dois-je à gauche me diriger,

Ou m'enfuir plutôt sur la droite ?

Ce détour n'est pas sans danger,

Cette issue est par trop étroite.

Tandis que sur ces questions

Il fait maintes réflexions,

Allant de çà, de là, notre Nemrod s'avance.

Du buisson il n'est plus qu'à vingt pas de distance.

Le lièvre tout-à-coup ahuri par la peur

Détale justement en face

Du chasseur, qui, fort bon tireur,

Raide mort l'étend sur la place.

Ne pas savoir se décider à temps

Est le défaut des apathiques gens.

Un renard n'aurait pas, en pareille occurrence,

De mon lièvre commis la fatale imprudence.

L'ANE ET LE SINGE.

Un laborieux bourriquet
    Avec un singe discutait
Qui des deux à l'État était le plus utile.
Prouver n'était pas chose au grimacier facile.
Que fit-il ? Il traita, comme font bien des gens
        Qui n'ont pas d'autres arguments,
        Son adversaire d'imbécile.

LA TRAQUE.

Placés de distance en distance,
Au bout d'une forêt, l'arme en main, des chasseurs
Gardaient le plus profond silence,
Tandis qu'à l'autre bout de turbulents traqueurs
Faisaient entendre au loin un infernal tapage.

Sommeillant sous le vert feuillage
Aussitôt lièvres, loups, renards et sangliers
Se lèvent à la hâte, abandonnent leur gîte
Et vont se réfugier bien vite
Au milieu de sombres halliers.

Un renard des plus fins au centre d'eux se place

Et leur parle en ces mots : — Cessez, mes chers amis,

De craindre les dangers que semble offrir l'impasse

Où nous tiennent bloqués nos cruels ennemis.

Dans une semblable occurrence

(J'étais fort jeune alors), je me suis déjà vu.

Mon grand-père, renard de grande expérience,

Qui de ruses jamais ne fut au dépourvu,

Par un expédient sut nous tirer d'affaire.

Je connais ce moyen, et si chacun de vous

Veut suivre mes conseils et faire

Ce que je prescrirai, je vous sauverai tous.

Avec empressement l'offre étant acceptée,

— Il faut, reprend notre renard,

Que, sans le plus léger retard,

La forêt soit par vous en tous sens visitée ;

Mais, marchez prudemment, observez, retenez,

Et très promptement revenez

Me dire en ce hallier, où je vais vous attendre,

Ce que vous aurez vu : sur quoi j'aviserai,

Puis, avec certitude, alors j'indiquerai

Le chemin que, pour fuir, il nous faudra tous prendre.

8.

Calamiteux effet des paniques terreurs !

Tous refusent d'aller du côté des clameurs,

    Et sans la moindre défiance

    Se dirigent vers les chasseurs.

Mon renard sans bouger se tenait en silence,

Recommandait son âme à la divinité,

Quand éclate soudain de ce dernier côté

    Une terrible fusillade.

— J'en connais, se dit-il, bien assez maintenant ;

    Et sans attendre un seul instant,

Du côté des traqueurs, sans nul danger s'évade.

Redoutons moins celui dont la criarde voix

    Nous déclare une guerre ouverte,

    Que ce silencieux sournois

Qui, dans l'ombre, médite et jure notre perte.

LE PETIT RAMONEUR ET SON SINGE.

Après avoir de la Savoie
Suivi jusqu'à Paris la sinueuse voie,
Un petit ramoneur par la ville faisait
Entendre son long cri qu'en vain il répétait.
Sa voix, que dominait la voix assourdissante
De cent industriels, se perdait impuissante.
    Son singe, rusé sapajou,
En vain aussi faisait ses plus belles grimaces,
Exécutait ses tours sur les publiques places,
    Nul ne donnait le moindre sou.

Cédant à la faim qui le presse,

Mon pauvre ramoneur appelle à lui la mort,

Met son singe en sa boite et tombant de faiblesse

Auprès d'une borne s'endort.

— Mon maître a-t-il perdu la tête?

Dit, en sortant de son étroit réduit,

Non sans efforts, la grimacière bête ;

Me coucher sans souper, sans cause, avant la nuit,

Annonce qu'il est en démence ;

Sachons sans lui pourvoir à notre subsistance,

Et pour cela faisons valoir tous nos talents.

Tout d'abord il s'approche en face

Du dormeur et lui fait sa plus laide grimace.

Se rappelant alors son bon, son jeune temps

Passé chez un frater, de bien chère mémoire,

Qui lui montra son art, à ce que dit l'histoire,

Il lui met doucement son mouchoir sous le cou,

Prend d'un adroit barbier la pose, la souplesse,

Sur le sol ramasse un caillou,

Puis d'une main légère, avec délicatesse,

Lui frotte, à défaut de savon,

A droite, à gauche, le menton.

Cela fait, de sa poche aussitôt il retire
    Sa petite batte de bois;
Sur sa patte avec soin la repasse à deux fois,
Et d'un air sérieux, sans le moindre sourire,
    Fait la barbe à notre dormeur.
    L'aspect de ce plaisant farceur
    Attire une foule innombrable.
    Chacun veut le voir, l'admirer.
Mon animal saisit le moment favorable,
Du chef de son patron va vite retirer
Le chapeau, le présente en forme de requête
Et fait en un instant une superbe quête.

    Savoir lutter contre le sort
    Est la marque d'un esprit fort.
S'il arrivait un jour que quelque pauvre diable
    Fût détourné par cette Fable
    De s'envoyer au séjour ténébreux,
    Je m'estimerai trop heureux.

LA JEUNE SOURIS ET SA MÈRE.

— Non, non, maman, disait une jeune souris,
    De la maison le vieux chat gris
N'est pas , comme on le croit , d'un mauvais caractère.
C'est, je puis l'assurer, justement le contraire.
Ce matin, vous veniez de sortir du logis,
    Je regardais à la fenêtre,
    Je le vis de fort loin paraître
    Et doucement venir vers moi.
Tout d'abord, j'en conviens, j'éprouvai de l'effroi
    Et ne sentis renaître mon courage

Qu'en l'entendant me tenir ce langage :

   Ma belle enfant, rassurez-vous,

   Me dit-il du ton le plus doux,

Je viens vous annoncer une bonne nouvelle.

Des chats avec les rats la trop longue querelle

Est enfin terminée, et de votre côté

Vous pouvez maintenant avec sécurité

Circuler comme nous, vaquer à vos affaires.

Le fait est bien certain : nos dignes mandataires

D'une solide paix ont signé le traité.

Chacun en ce moment, sur la publique place,

Pour témoigner sa joie, et s'aborde et s'embrasse,

   En un mot prend l'engagement

   De s'entr'aimer bien tendrement.

Sortez de votre trou, venez, ma jeune amie,

   Par un baiser, je vous en prie,

   Sceller un aussi doux serment.

Après un tel discours, direz-vous encor, mère,

Qu'il est traître et sournois, d'un méchant caractère.

— A ton chat, mon enfant, qu'as-tu donc répondu ?

   — Que vous m'aviez bien défendu

   De sortir pendant votre absence,

Et que, sans cette circonstance,

Je me serais fait un plaisir

De satisfaire à son désir.

— Bien t'en a pris, rends grâce à ton obéissance,

Reprit la mère, et garde-toi

A l'avenir d'ajouter foi

A son air doucereux, à sa feinte tendresse.

Sur nous autres vieux rats, qui connaissons ses tours,

Il ne peut rien; aussi, par ses rusés discours,

Cherche-t-il à tromper la crédule jeunesse.

Je te l'ai dit souvent et je te le redis :

Prends garde de tomber sous sa dent meurtrière ;

Souviens-toi du dicton que je tiens de ta mère :

A vieux matou jeune souris.

FABLE XIV.

LE ROI ET LE MEUNIER.

Un souverain dont les ministres
Surchargeaient les sujets d'impôts,
De son peuple ignorait les factieux propos,
D'une commotion avant-coureurs sinistres.
  La presse, fanal des États,
  A cette époque n'avait pas
Sur ce royaume encor projeté sa lumière ;
  A voix basse l'on murmurait,
  Mais au roi personne n'osait
Hautement signaler la publique misère.
Un jour notre monarque, exténué de faim,
A la chasse égaré, n'ayant pour toute suite

9

Que quelques personnes d'élite,

Incognito se rend dans un moulin.

Sur les ordres donnés, aussitôt la meunière

Se met à fricasser carpes, goujons, poulet.

Le roi, voyant cette dernière

Qui tout en sueur remuait

La poële où l'huile meurtrière

Torturait les poissons encor tout palpitants,

Dit alors à ses courtisans :

— L'incommode chaleur qu'éprouve notre hôtesse

Démontre, prouve avec justesse

Ce qu'un grand philosophe a jadis avancé :

Que celui-là qui tient le sceptre ou bien la poële

Est du monde ici-bas le plus embarrassé.

— Votre monsieur la donne belle,

Repart sur-le-champ le meunier,

De qui le collecteur et l'inflexible huissier

Avaient fait pour l'État désemplir l'escarcelle,

Il en est certe un autre, on ne peut le nier.

— Qui donc ? tout étonné demande le roi. — Sire,

C'est le poisson que l'on fait frire.

LE RENARD ET LE BLAIREAU.

A l'heure où des forêts les quadrupèdes rôdent,
Marchent à pas de loup, de tous côtés maraudent,
Un vieux et fin renard, talonné par la faim,
    Fit la rencontre en son chemin
D'un blaireau qui mangeait sous un arbre sauvage
Des fruits verts abattus par un grand vent d'orage.
Il l'aborde et lui dit : — L'ami, tu conviendras
    Que tu n'es guère difficile
    Pour t'en tenir à ce maigre repas.
Viens avec moi : non loin des fossés de la ville

Je connais un très beau verger

Où je veux te faire manger

Des fruits délicieux et de diverse espèce.

Sois sans crainte, je te promets

De me tenir pour toi constamment aux aguets.

Notre amateur de fruits s'empresse

De le suivre à ce beau verger,

Qui n'offrait pas d'ailleurs l'ombre d'un seul danger.

Il s'y remplit la panse, et s'en donne à cœur-joie.

— Te voilà bien repu, reprend maître renard,

Et moi je suis à jeun; avant qu'il soit trop tard

Viens à ton tour m'aider à m'emparer d'une oie

Qui loge près d'ici, dans la ferme à côté.

Employer ses loisirs à se rendre service,

Selon moi, de la vie est le plus cher délice.

Mon drôle le conduit près d'un toit habité

Par deux chiens vigilants, le pose en sentinelle,

Et va de suite prendre celle

Dont jadis les aïeux sauvèrent les Romains.

Aux cris de celle-ci les agiles mâtins

Se lèvent, accourent bien vite,

Et, trouvant dans la cour le confiant blaireau,

Le déchirent, tandis que son fourbe acolyte
   Emporte l'aquatique oiseau.

   Que de gens de l'humaine espèce
Font, pour mieux nous tromper, promesse sur promesse,
   Nombre d'offres pleines d'appâts !
L'homme prudent en sait approfondir la source.
Si l'un d'eux me disait : Tiens, prends, voilà ma bourse,
   Je répondrais : Je n'en veux pas.

L'ÉCREVISSE ET LES GOUJONS.

Voyant un jour une écrevisse
Qui cheminait à reculons,
De jeunes et lestes goujons,
Espiègles remplis de malice,
Lui dirent : — La maman, quel profit trouvez-vous
A marcher de cette manière ?
Chez vous les yeux, répondez-nous,
Seraient-ils placés par derrière ?
Les écrevisses sont poissons,
Ou tout au moins de l'aquatique monde,

Pourquoi donc en avant ne fendez-vous pas l'onde,
N'avancez-vous jamais qu'en arrière, à tàtons ?

    A cette ironique boutade,
L'animal au pas lent ne put dire pourquoi,
    Et comme un sot demeura coi.

Faites même demande à certain rétrograde
Qui n'a d'aller ainsi le plus mince sujet :
Comme mon écrevisse il restera muet.

LE LOUP ET LA PLEINE LUNE A SON COUCHER.

Un loup, par une belle nuit,
De la lune admirait la face circulaire,
Convaincu que c'était, d'après certain on-dit,
　　Un beau fromage de gruyère.
　　Tandis qu'il dévore des yeux
　　Ce mets qu'il croit délicieux,
Il le voit qui d'abord vers l'horizon décline,
Et qui paraît tomber sur la côte voisine.
Il y court à la hâte : il arrive au sommet.
　　Qu'aperçoit-il ? Son beau fromage,

Semblant s'éloigner à regret,
Disparaître dans un nuage.

Il en est ainsi du bonheur :
A peine apparaît-il qu'on le voit disparaître.
De même l'oasis, qu'un mirage fait naître,
Se montre, puis s'éclipse aux yeux du voyageur.

9.

PAROLE DE SOCRATE.

Le sage sait toujours aisément supporter
Les peines, les tourments qu'il ne peut éviter.

Celui qu'on surnomma sage par excellence,
Socrate, va, lecteur, prouver ce que j'avance
  Par un acte de sa façon.
L'Histoire nous apprend ce que fut son ménage,
  Et l'intolérable tapage
Que faisait au logis sa femme, vrai démon.
Souvent maître et valets, afin de s'y soustraire,

Se virent obligés de quitter la maison.

    — Socrate, ici que viens-tu faire ?

    Lui dit un jour un menuisier,

    Honnête habitant du quartier ;

    Quand je me sers de ma poulie

Qui, dans ses gonds rouillés, au loin gémit et crie,

    Je te vois bien vite accourir.

A l'entendre je crois que tu prends du plaisir.

    — Tu te trompes, voisin, lui répond notre sage,

Le cri de ta poulie est loin d'être amusant.

Je viens m'accoutumer, par son strident tapage,

    A supporter patiemment

    De ma femme l'aigre langage.

LE ROI ET LES FORÇATS.

Celui qui, pour couvrir sa faute, ose ajouter
Le mensonge au méfait, fût-elle très légère,
Sur le moindre pardon ne doit jamais compter ;
Mais celui qui témoigne un repentir sincère
    Peut espérer grâce plénière ,
    L'exemple suivant en fait foi.

    Aussi clément que juste, un roi
Parcourait ses États, afin de mieux connaître
De ses nombreux sujets les besoins, le bien-être,

En un mot, pour remplir au mieux son noble emploi.

Un jour qu'il visitait un grand port maritime,

Où, le front tout empreint des stigmates du crime,

    Traînant aux pieds de lourds boulets,

De livides forçats expiaient leurs forfaits,

    A notre prince il prend envie

De les interroger sur leur coupable vie.

Le premier à l'œil cave, aux regards menaçants,

Répond que des témoins non moins faux que méchants,

Poussés par le désir d'une froide vengeance,

Le firent condamner malgré son innocence.

Un autre prétendit qu'une fatalité

Qui depuis fort longtemps le poursuit et l'accable,

    Fit douter de sa probité

    Et le fit passer pour coupable.

Bref, de la calomnie ou de l'humaine erreur,

A son dire, chacun, malheureuse victime,

Subissait bien à tort le châtiment du crime.

Cependant à l'écart notre interrogateur

Voit un jeune forçat qui, la tête baissée,

Semblait par le remords avoir l'âme brisée.

    Il lui demande et veut savoir

La cause de son désespoir. ,

— J'ai commis un grand crime, Sire,

Je mérite mon sort, répondit ce dernier,

Ne cherchant point à pallier

De sa jeune raison le criminel délire.

— Qu'on expulse, reprit le prince, en affectant

Un air furieux, mécontent,

Qu'on chasse sur-le-champ, ce gueux, ce misérable,

C'est chose, ajouta-t-il, tout-à-fait incroyable,

Il faut avoir perdu l'esprit et le bon sens

Pour avoir pu confondre un aussi grand coupable

Avec tous ces honnêtes gens.

PLUTON, MERCURE, JUNON ET IRIS.

— Je ne veux plus de mes Furies,
Dit à Mercure un soir le Dieu du noir séjour,
      Je m'aperçois de jour en jour
Qu'elles n'ont point assez d'ardeur, de barbaries.
D'ailleurs leurs bras n'ont plus la force, la vigueur
Que je veux qu'on emploie à punir le pécheur.
Va donc demain matin, va là-haut sur la terre,
      Et cherches-y, cher messager,
      Pour cet important ministère,
Trois femmes qui sauront sans pitié fustiger.

Junon, le lendemain, disait à sa suivante :

    — Je veux à Vénus qui se vante

    D'avoir, sans nulle exception,

Soumis tout le beau sexe à son galant empire.

    Donner une bonne leçon.

    Pour prouver ce que je désire,

Il me faudrait, Iris, trois filles de trente ans,

A l'œil froid et sévère, et surtout, tu m'entends,

    Ne perd pas ce point-là de vue,

    D'une chasteté reconnue.

Va-t-en chez les mortels : on peut les rencontrer,

Ou du moins je me plais encore à l'espérer.

Iris, après avoir, de son aile légère,

En tous sens parcouru l'un et l'autre hémisphère,

Revient seule. — Eh ! quoi donc, lui demande Junon,

N'as-tu pu les trouver ? O malédiction !

    Quelle corruption immonde

Offre donc maintenant cette machine ronde !

    — J'aurais pu, répondit Iris,

    Vous procurer trois chastes filles

De l'âge et de l'humeur que vous m'avez prescrits,

Exemptes en un mot des moindres peccadilles,

Mais hélas ! j'arrivai trop tard !

Pour le Dieu des sombres rivages,

Mercure, me dit-on, ô trop fâcheux hasard !

Venait de les conduire aux infernales plages.

— Trois chastes filles qui, dis-tu,

A l'amour n'ont jamais nullement répondu,

Ont fui toutes galanteries !

Mais qu'en veut donc faire Pluton ?

— Il veut, Déesse, assure-t-on,

Par elles remplacer ses trois vieilles Furies.

(Imité de Lessing.)

LIVRE QUATRIÈME.

FABLE I.

LE SINGE CHARLATAN.

Singe des plus madrés, Bertrand, dès le jeune âge,
    Servait un maître charlatan.
    Ennuyé d'être en esclavage
    Chez son marchand d'orviétan,
Il le quitte un matin qu'ils allaient à la foire
    Et traversaient un très grand bois.
Mon drôle avait eu soin, à ce que dit l'histoire,
D'emporter son tambour, son sac et son hautbois.
    — Enfin nous voici notre maître,
Dit-il, en se voyant en pleine liberté.

Prenons d'abord pour logis ce vieux hêtre,

　Puis, en singe expérimenté,

　En singe pourvu de prudence,

Avisons maintenant à notre subsistance.

Il est, n'en doutons pas, dans ce bois, comme ailleurs,

Bon nombre de jobards et peu de connaisseurs.

Convaincu de ce fait, au fond d'une clairière

Ceinte de tous côtés par de sombres bosquets,

Bertrand s'en va cueillir des feuilles de fougère

Dont il forme à l'écart de-tout petits paquets,

Vers son arbre revient, sur le faîte se pose,

Fait retentir au loin son tambour, son hautbois,

Assemble en un instant les habitants du bois,

　Par de grands airs leur en impose,

Fait trois profonds saluts et s'exprime en ces mots :

— Je supplie avant tout l'honorable assistance

De m'excuser d'avoir, en cette circonstance,

Troublé d'aussi matin son paisible repos.

　Dans ce bois n'étant de passage

　Que pour deux heures seulement,

　Et ne pouvant retarder mon voyage,

J'ai voulu profiter de ce trop court moment

Pour vous donner à tous avis que je possède

    Un incomparable remède

Qui guérit tous les maux, même le mal de dent.

Mon digne bis-aïeul, célèbre botaniste,

Qui fut du Grand-Mogol le premier herboriste,

    Le découvrit sur le sommet

    Des monts escarpés du Thibet.

Avec ce spécifique asthme, paralysie,

Blessures provenant de coups d'armes à feu,

Catarrhe, oppression, rhumatisme, phthisie,

Disparaissent soudain, pour lui ne sont que jeu.

Devant son auditoire aussitôt il étale

Son merveilleux remède, ajoutant : — Mes amis,

L'intérêt que je porte à la gent animale

    Me fait vous le donner gratis ;

Cependant dans mon sac je reçois quelques fruits

    Pour continuer mon voyage.

Chacun des assistants, après ce beau langage,

    S'empresse d'aller au logis,

Apporte, l'un des noix, des raves et des bettes,

Celui-ci des marrons, un autre des noisettes,

Et reçoit, en retour, de feuilles un paquet

Qu'il croit bien fermement venir du mont Thibet.

Vantés par maints journaux, aux cent mille trompettes,
    En ce siècle que de Bertrands,
    Attrapent de crédules gens !

LE JEUNE MATIN ET SA MÈRE.

Un mâtin déjà fort, que l'on nommait Cerbère,
Et qui, comme un grand chien, déjà partout flânait,
　　Au logis très souvent rentrait
　　Criant, se plaignant à sa mère
　D'avoir été battu, terrassé, culbuté.
　　Tantôt c'était un vieux caniche,
Qui, parce qu'il s'était approché de sa niche,
　　Sur lui s'était soudain jeté.
Une autre fois c'était un chien à jambes torses,
Qui, disait-il, en lâche abusant de ses forces,

L'avait, sans motif, maltraité.

Mon mâtin, toutefois, se gardait bien de dire

    Que la tournure du basset,

De ses mordants propos, de son insolent rire,

    Journellement était l'objet,

Et que, dès qu'au sommeil se livrait le caniche,

    Pour l'insulter, lui jouer niche,

Il allait sous son nez, en tapinois, sans bruit,

De sa digestion déposer le produit.

Sa mère, qui croyait son cher fils impeccable,

    Du moindre mensonge incapable,

    A chaque rencontre rossait

    Et le caniche et le basset.

C'était de part et d'autre une haine implacable

Qu'ardemment épousaient parents, voisins, amis.

Cependant certain jour elle voit ce cher fils

S'approcher en sournois et mordre par derrière

    Un malheureux petit agneau

    Qui suivait de loin le troupeau,

    En bêlant, appelant sa mère,

Puis les chiens du berger accourir à grands cris,

    Poursuivre et terrasser Cerbère,

Non loin du maternel logis.

— Mère, voyez, dit-il, dans quel état je suis.

    J'étais tout proche du village

    A regarder tranquillement

Défiler les moutons venant du pâturage,

Quand tout-à-coup sur moi d'affreux chiens s'élançant.....

— Assez, répond la mère, assez, fourbe, hypocrite,

Je connais maintenant toute votre conduite,

    A vos mensonges, non, jamais,

    Vous ne me prendrez désormais.

O vous qui, tout d'abord, en toute circonstance,

Sans le moindre examen, par trop de confiance,

    A vos parents donnez raison,

Que cette Fable soit pour vous une leçon.

FABLE III.

LA PIPÉE.

Un oiseleur, habile à la pipée,
  Venait de placer ses gluaux,
  Et caché sous une cépée,
  Imitait avec ses appeaux
  Le triste cri de la chouette.
Bientôt il voit, poussés par un malin plaisir,
  Du fond de leur verte retraite,
Une foule d'oiseaux à la hâte accourir,
Sautiller d'arbre en arbre, et crier à tû-tête :
— Il faut la mettre à mort cette maudite bête,
Qui fait à nos petits les plus terribles peurs ,
Qui sans cesse sur nous attire les malheurs.

— Croyez-moi, plumons-là, plumons-là toute vive,
    Exclame à grands cris une grive,
    Après quoi, nous la tûrons mieux.
— Il faut, reprend une méchante pie,
De la forêt implacable harpie,
    Avant tout lui crever les yeux.
Aussitôt, elles vont tout droit, sans défiance
    (Tant est aveugle la vengeance),
    Sur l'épais bosquet se poser,
A travers les gluaux cherchent à se glisser,
Et tombent englués au pied de la cépée.
    Dame Agace, en guise d'épée,
Majestueusement à son côté traînait
    Une mince et longue baguette,
    Tandis que celle qui comptait
    Déplumer vive la chouette,
Malgré tous ses efforts ne put se dégager
Et fut avec margot mise en la gibecière.

Presque toujours celui qui cherche à se venger
Voit sur lui retomber le mal qu'il voulait faire.

———

10.

LE PÈRE ET SES ENFANTS.

Des enfants dont la barbe ombrageait le menton,
    Dirent un jour à leur vieux père
    Que, s'il voulait, devant notaire,
Du bien qu'il possédait leur faire l'abandon,
    Ils lui serviraient une rente
    Qu'ils paieraient très exactement.
Le vieillard répondit : — Votre offre assurément,
Mes chers enfants, est loin de m'être indifférente,
    Mais, comme agir trop promptement
    Est souvent chose regrettable,

Afin de m'assurer si la chose est faisable,

Je vous demande un mois pour réfléchir.

Au jour fixé les fils de revenir.

De leur père voici quelle fut la réponse :

— Au fond de mon jardin, dans un épais quinconce,

Le mois dernier je travaillais.

J'y découvris un nid de cinq chardonnerets

Déjà presque couverts d'un assez long plumage.

Je les mis tous dans une cage

Qu'au même endroit je suspendis.

Quelques instants après je vis

Des petits prisonniers les pauvres père et mère,

A l'aspect de la cage, accourir à grands cris,

S'armer d'un zèle téméraire,

S'approcher de plus près, puis, bravant tout danger,

A travers les barreaux leur donner à manger.

Pour apprendre aux petits à chercher leur pâture,

Je mis dans leur prison diverse nourriture :

Millet, navette et chènevis.

Quand je fus bien certain qu'ils mangeaient seuls, je pris

Facilement les père et mère :

Un trébuchet en fit l'affaire,

Je mis ensuite en liberté

Mes cinq petits oiseaux qui, de chaque côté,

 A l'instant même disparaissent.

En les voyant quitter les auteurs de leurs jours,

 Voltiger dans les alentours,

 Je m'imagine qu'ils s'empressent

D'aller pour les captifs butiner, fourrager,

Et qu'ils vont revenir leur donner à manger.

 Caché derrière une aubépine

J'attendis très longtemps. Hélas ! il n'en fut rien.

 Cet exemple me détermine

A vous dire tout net que je garde mon bien.

LE SERIN ET LE PERROQUET.

Qu'il est douloureux, mon chagrin !
Se disait tout haut un serin;
Depuis quelque temps ma maîtresse
Du matin au soir me délaisse,
N'a plus pour moi le moindre soin,
Me laisse souvent même en un pressant besoin.
Quand je lui fus donné, dans sa vive allégresse,
Elle avait bien promis d'être à moi pour toujours.
J'étais son chéri, ses amours.
Vainement aujourd'hui je cherche à lui complaire,

Par mes plus joyeux chants je cherche à la distraire,

    Je ne peux plus toucher son cœur.

    Insensible à ma tendre ardeur,

Elle n'y répond plus que par l'indifférence.

    Que ne puis-je savoir pourquoi !

Un perroquet, témoin de cette doléance,

Lui dit : — Cher camarade, apprends-le donc de moi.

Étant dans ma jeunesse à la cour d'un grand roi,

J'entendis certain soir sa maîtresse chérie

D'un éternel amour lui faire le serment.

— Ne jurez point cela : Femme souvent varie,

    Répondit l'incrédule amant.

LE CONDAMNÉ A MORT ET LE GEOLIER.

Annoncer à quelqu'un avec empressement
Ce que l'on sait devoir lui causer de la peine,
D'un dur, d'un mauvais cœur est la preuve certaine.

A mourir condamné, quoique très innocent,
Un pauvre homme attendait, fort de sa conscience,
Sur son dernier pourvoi la royale sentence.
  Fidèle appui des malheureux,
L'espérance versait sur cette âme inquiète
Les bienfaisants rayons de sa flamme secrète,

Déjà par elle il croit voir s'accomplir ses vœux ;
Le prince a reconnu la fatale méprise,
L'inconcevable erreur par le jury commise.
Il lui semble soudain voir s'ouvrir sa prison,
    Revoir le bleuâtre horizon,
Apercevoir de loin sa modeste chaumière,
Sa femme, ses enfants accourir à grands pas
    Et sur le seuil sa vieille mère
Qui, ne pouvant marcher, en pleurant, tend les bras.
    Abusé par cette chimère
Notre homme tout joyeux venait de s'endormir,
Quand le geolier poussé par l'infâme désir
    D'apprendre une triste nouvelle,
Désir qui dans les yeux, dans les traits se décèle,
Vite interrompt son somme et, sans ménagement,
Avant l'instant voulu, s'empresse de lui dire
Le fatal résultat du royal jugement ;
Ensuite lui promet, avec un affreux rire,
Que personne dans peu ne pourra l'éveiller,
Qu'alors tout à son aise il pourra sommeiller.
    A cet atroce persifflage,
Le pauvre condamné sent sur tout son visage

Une froide sueur ruisseler aussitôt.

Seul, bientôt il croit voir, au milieu des ténèbres,

De sa honteuse mort les appareils funèbres,

Se dresser devant lui l'effrayant échafaud,

La foule curieuse, ondoyante, attentive,

En flots tumultueux se heurter, se presser,

  A son passage lui lancer

  Au front la sanglante invective.

Cette dernière nuit, hélas ! nuit qui devait

Lui donner de l'espoir la douce jouissance,

Devint, par un seul mot méchamment indiscret,

Un infernal supplice, un siècle de souffrance.

Aux malheureux jamais n'enlevons l'espérance,

Laissons-les se bercer d'un riant avenir,

  Espérer c'est presque jouir.

LA PIE ET UNE SOCIÉTÉ D'OISEAUX.

Dans un des plus charmants bocages,
Des oiseaux de divers plumages
Formaient une société
Où régnaient l'union, l'amitié, la gaîté.
Il arriva qu'un jour une méchante pie,
Habile à déguiser son dangereux caquet
Sous une apparence polie,
Vint s'établir dans ce bosquet.
Aux habitants du lieu tout d'abord dame Agace
Rend visite ; avec l'un, avec l'autre jacasse.

— Voisin, dit-elle au geai, comment donc se fait-il,

Vous qui me paraissez si doux et si gentil,

    Que cette petite fauvette

Que vous traitez si bien, si méchamment vous traite ?

Elle prenait plaisir hier à débiter

Des propos que pour vous je n'ose répéter.

Cela dit, elle part, va vers la tourterelle

Et s'exprime en ces mots : — Dorénavant, ma belle,

Gardez-vous bien de voir ce méchant sansonnet.

Ce matin, devant moi, ce drôle prétendait

Qu'à votre cher époux vous étiez infidèle.

    Je vous défendis de mon mieux ;

Il affirma le fait, en jura ses grands dieux.

C'est ainsi que parlant et de l'un et de l'autre,

    Tout en faisant le bon apôtre,

    Cet imposteur oiseau semait

La discorde parmi les hôtes du bosquet.

Déjà de tous côtés l'on se dispute, on crie,

    On se déplume, on s'injurie.

Que faisait, direz-vous, la pie en ce moment ?

Elle riait sous cape au faîte d'un vieux chêne,

Et d'un air satisfait contemplait cette scène.

Un futé merle l'avisant

Jusqu'au fond du cœur la devine.

— De vous entregorger, mes chers amis, cessez,

Dit-il aux combattants, je connais l'origine

Des propos qui vous ont blessés.

Sur cet arbre voyez cette fille du diable

Qui rit de ses méchancetés.

C'est ce mauvais sujet, c'est cette misérable

Qui nous a brouillés, irrités.

Chassons de notre bois cette bête maudite.

L'assistance, à ces mots, se met à sa poursuite

Et tous de fureur transportés

La font à coups de bec déloger au plus vite.

C'est ainsi qu'on devrait de la société

Chasser mainte et mainte harpie

Qui, de même que notre pic,

Exercent leur méchanceté.

LES DEUX ENFANTS ET LA FOURMILIÈRE.

Deux enfants, en faisant l'école buissonnière,
    Aux environs de leur pays,
Virent au pied d'un arbre un gros nid de fourmis.
    L'un dit : — Si tu veux m'aider, frère,
    A remuer, bouleverser
    Les œufs de cette fourmilière,
    Nous allons bien nous amuser.
Tandis qu'avec leurs pieds nos gamins démolissent
Ce palais avec peine et tant de soins construit,
    Et qu'avec plaisir ils jouissent

Du fâcheux effet que produit

Sur ce peuple alarmé cet acte de barbares,

Des fourmis, qui veillaient au salut de leurs lares,

    Se glissent sous leurs vêtements

    Et par leurs sanglantes piqûres

    Leur font jeter des cris perçants.

Leur mère vite accourt et bravant les morsures

De ce peuple en fureur, en révolution,

Détourne sa vengeance encore inassouvie,

Et leur dit : — Mes enfants, puisse cette leçon

Ne vous faire jamais oublier de la vie

    Que toute méchante action

Est d'un prompt châtiment presque toujours suivie.

LE MAT DE COCAGNE.

Un lion désirant à son avénement
Procurer à son peuple un peu d'amusement,
Ordonna d'ébrancher au haut d'une montagne
Un palmier dont on fit un grand mât de cocagne.
A la dernière branche on suspendit les prix
        Composés de différents fruits
        Que je n'ai plus en la mémoire.
— Grimper après ce mât, ce serait obtenir,
        Objecta du roi le visir,
        Trop facilement la victoire.

Je proposerai donc, pour y remédier,

D'attacher à l'entour, d'y fortement lier

Un paquet de cactus de l'épineuse espèce.

L'approuvant en tous points, Sa Majesté s'empresse

De faire exécuter de son visir l'avis.

Sur la liste bientôt les joûteurs sont inscrits ;

L'ours monte le premier, veut braver les épines

Et bien vite descend, les pattes, les narines,

    Et le museau couverts de sang.

Le voyant ainsi fait, le roi se met à rire,

Et sans plus de pitié la Cour d'en faire autant.

    Après le tour de notre pauvre sire,

    Vient celui de maître Bertrand.

C'était un grand magot à la taille élancée,

Renommé saltimbanque, émérite sauteur,

    Qui, dans le fond de sa pensée,

    Se voit déjà l'heureux vainqueur.

    Ainsi qu'un chat, il grimpe par saccade,

    Parvient au redouté paquet,

    Veut le franchir d'une gambade,

    Mais une épine, accrochant son jarret,

L'oblige à se courber dans un sens rétrograde

Et le fait tout-à-coup jusqu'en bas culbuter.

On voit alors se présenter

D'un air gracieux et modeste,

Dans ses allures prompt et leste,

Un gentil petit écureuil,

Qui, par des sauts, en un clin d'œil

A l'obstacle épineux arrive.

Il détourne avec soin les branches, les esquive,

Et s'emparant du prix aux applaudissements

De la Cour et des assistants,

Les salue et les remercie.

Sur l'épineux chemin de notre triste vie

Que d'obstacles à redouter !

Toujours l'audacieux cherche à les surmonter,

Contr'eux souvent en vain il s'acharne, il s'irrite,

Comme mon écureuil, le sage les évite.

LES DEUX ENFANTS ET LE SOUFFLET.

Près du feu deux enfants admiraient la structure,
  Le bois verni, la brillante dorure
    D'un riche et superbe soufflet
    Qui, de ses flancs pressés, semblait,
A leurs yeux éblouis, vomir des étincelles.
Vainement ils cherchaient dans leurs jeunes cervelles
  A découvrir quels étaient les ressorts
    Et l'inconcevable harmonie
    De cet être aux brillants dehors,
Qui, leur avait-on dit, renfermait dans son corps

Un petit animal en vie.

— Je voudrais bien, dit l'un des deux, savoir
Comment est sa figure ; hier, dans la cuisine,
Avant de me coucher, ma bonne Joséphine
Me contait que c'était fort curieux à voir.
Si nous y regardions : Oh ! dis-moi, veux-tu, frère ?
Celui-ci de ne point demeurer en arrière ;
Aussitôt fait que dit. Voilà mes deux marmots
Qui font à qui mieux mieux manœuvrer leurs couteaux,
Et du bel instrument séparent les deux branches.
Qui fut désappointé ? Que trouvent mes nigauds ?
　　Du vide entre deux planches !

Vous, que recouvre un maroquin brillant,
　　Livres à style romantique,
　　Boursoufflé, pompeux, emphatique,
　　Nous éprouvons, en vous ouvrant,
　　Un pareil désenchantement.

LA COLOMBE ET LE RAMIER.

Une jeune colombe, aussi chaste que belle,
    Voyait nombre d'adorateurs
    Roucouler sans cesse auprès d'elle,
Et tenter d'obtenir ses plus chères faveurs.
    Depuis quelque temps en balance
    Sur qui son choix se fixerait,
    Elle accorda la préférence
    A certain ramier, qui semblait
    L'aimer de l'amour le plus tendre.

Déjà le couple heureux commençait à suspendre
    Aux branches d'un ormeau le nid
Où de leur union devait naître le fruit,
    Quand une vieille et laide pie
    Insinua dans le bosquet
Qu'avant d'être au ramier notre colombe avait,
Avec plusieurs pigeons, mené joyeuse vie.
Cet infâme propos, méchamment inventé,
    Est le jour même rapporté
    Au ramier qui, tout en furie,
A sa compagne fait l'affront le plus sanglant
    Et l'abandonne sur-le-champ.
Mais il apprend bientôt sa complète innocence
Et vient lui demander pardon de son offense.
La colombe lui dit : — Si vous aviez pour moi
Senti dans votre cœur un amour véritable,
    Vous n'eussiez point ajouté foi
    A ce propos abominable.
Allez donc autre part débiter vos serments,
    Jurer fidélité, constance,
Et ne m'ennuyez plus de vos roucoulements.
Aussitôt d'un prompt vol dans l'air elle s'élance,

Le quitte tout confus, le désespoir au cœur.

En matière d'amour une ample confiance
    En prouve la sincère ardeur.

———

L'ENFANT ET SA MÈRE.

Un jour le petit Paul était avec sa mère
    Qui, prévoyante ménagère,
En visitant ses fruits prudemment enlevait
    Tous ceux dont le contact pouvait
Être pour leurs voisins un fatal voisinage.
    — Bonne mère, tu m'as promis,
    Lui dit l'enfant, que si j'étais bien sage,
Je prendrais à mon choix un de tes plus beaux fruits ;
J'ai bien lu, je n'ai pas fait le moindre tapage.
— C'est vrai, lui répondit la mère en l'embrassant,

Chose promise, chose due,
Et puisque tu le veux, choisis, mais de la vue,
Les toucher les ferait gâter très promptement.
De l'œil le petit Paul à son aise examine
Les rayons du fruitier abondamment garnis,

 Et quelque temps reste indécis.
Tout-à-coup une poire à la peau jaune et fine,
D'un succulent aspect, aux contours gracieux,

 Frappe et charme à la fois ses yeux.
— Mère, voilà, dit-il, le fruit que je désire.
— Prends-le, mon cher ami. De sa pochette il tire
Son couteau, coupe et met sa poire en deux morceaux.
Il reste tout d'abord la figure ébahie,
Puis, se met à pleurer, pousse de longs sanglots :

 Sa belle poire était pourrie.
La mère, en lui donnant un de ses meilleurs fruits,
Aisément le console, et lui dit : — Mon cher fils,

 Rappelle-toi qu'en toute circonstance.

 On ne doit point juger sur l'apparence,
Et que, comme ta poire aux trompeuses couleurs,
L'hypocrite a souvent des dehors séducteurs.

L'ANE ET LE MULET.

Aux travaux d'une métairie,
Un vigilant maître employait
Un âne, un mulet qu'il logeait
Dans une très belle écurie.
Matin et soir il leur donnait
Avoine, excellent foin, soignait bien leur litière,
Prévoyait leurs moindres besoins,
En un mot les comblait de soins.
Le mulet cependant de ce bon ordinaire,
Par un triste travers un jour fut dégoûté.

— Ne trouves-tu pas, camarade,
Dit-il au bourriquet, que ce foin est gâté,
Que cette avoine est maigre et fade ?
Si tu m'en crois, il faut au patron demander
Une meilleure nourriture,
Et, s'il nous la refuse, il faut ne plus l'aider
Dans ses travaux d'agriculture.
Es-tu de cet avis ? Mon sot aliboron,
Non moins ingrat que son confrère,
Pour témoigner sa joie et son adhésion,
Tout de suite se mit à braire.

Vous, pasteurs de troupeaux, vous rois, pasteurs d'humains
Vous tous, chefs qui tenez le pouvoir en vos mains,
Ne comptez pas toujours sur la reconnaissance ;
Des ingrats toutefois que la maudite engeance
De suivre votre cœur ne vous détourne en rien.
Le vrai bonheur auquel tout honnête homme aspire,
N'est-il pas de pouvoir se dire :
J'ai fait le bien.

LE FORGERON ET L'ENFANT.

Tandis qu'un forgeron tirait de sa fournaise
Plusieurs morceaux de fer qu'en cercle il façonnait,
    Que tour à tour il les faisait
Sur le carreau tomber et refroidir à l'aise,
    Survint le moutard du voisin
Qui, convoitant l'un d'eux, le prenant en cachette,
    Se brûle jusqu'au vif la main.
    Aux lamentables cris que jette
    Tout-à-coup mon petit larron,
    Du coin de l'œil le forgeron,

Qui s'était aperçu de sa friponnerie,

Le console et lui dit : — Sache, mon cher enfant,

    Et souviens-toi toute la vie

Que des autres le bien ne doit point faire envie,

    Et que, comme à du fer brûlant,

On ne peut y toucher jamais impunément.

LE PETIT-FILS ET SON GRAND-PÈRE.

— Si tu le veux, grand-père, avec toi je parie
Que je traverserai, disait le jeune Armand,
Tout droit, les yeux bandés, cette grande prairie,
    Sans dévier le moindrement.
— J'accepte volontiers, mon ami, la gageure,
Lui répondit l'aïeul, sous la condition
    Que je ferai sur ta figure,
    Afin d'éviter tout soupçon,
    De ton mouchoir la ligature.
Les enjeux convenus au but sont déposés.

Armand, les yeux cóuverts, par le bandeau pressés,
D'abord en droite ligne avance, s'achemine,
Puis se détourne un peu, puis, en tendant les bras,
    Tellement sur la gauche incline,
Que du but il se trouve à plus de vingt-cinq pas.

  Vous, que l'amour à ses plaisirs convie,
  Qui ressentez les feux de son flambeau,
  Méfiez-vous de son épais bandeau,
Par lui du droit chemin très souvent on dévie.

FABLE XVI.

LES ABEILLES ET LES FRELONS

Des abeilles venaient de voir leur souveraine
    Succomber sous le poids des ans.
On devait au suffrage élire une autre reine,
Et déjà, frappant l'air de longs bourdonnements,
L'essaim allait, venait, se croisait en tous sens.
Dans ce public débat, des frelons intervinrent,
    Et par plusieurs raisons soutinrent
Qu'étant de la famille ils avaient mêmes droits

Et qu'ils devaient dès lors aussi donner leurs voix.

    L'un d'eux, paresseux prolétaire,

    N'ayant jamais su que soustraire

    Le miel d'autrui, que bourdonner,

Et tel qu'un hanneton, sans aucun but flâner,

Sur le haut de la ruche en orateur se pose,

Réclame le silence et s'exprime en ces mots :

    — Amis, croyez-moi, de nos maux

Souvent l'imprévoyance est la première cause.

    Je veux parler, mes chères sœurs,

    De votre misérable hutte.

    Si l'on n'y pourvoit pas, sa chute

    Entraînera de grands malheurs.

Votre gouvernement pèche aussi par sa base.

Pour l'affermir faisons de vos lois table rase,

Supprimons tout d'abord l'absurde royauté,

    Ainsi que son hautain cortége ;

Abolissons surtout l'injuste privilége

Qu'on usurpa jadis sur la société

    Sous le nom de propriété.

A ce criant abus il faut qu'on remédie,

Que le miel soit commun aussi bien que la vie,

Qu'on proclame en un mot l'entière égalité.

    Est-il en effet tolérable

    De voir parmi nous maint essaim

    Avoir bon gîte et bonne table,

    Et les autres mourir de faim ?

— De bien bon cœur, reprit une certaine abeille,

    J'appuierais le préopinant,

    Si tout le peuple bourdonnant

Avait pour le travail courage, ardeur pareille.

Mais malheureusement il n'en est pas ainsi !

    Je me bornerai donc à faire

    A l'honorable et très cher frère

    Cette interpellation-ci :

    Voudrait-il avant tout nous dire,

    Sans nul détour, la vérité ?

Quel sens attache-t-il au mot égalité ?

Quel peut être son but ? N'entend-il pas prescrire

Que désormais l'insecte actif, laborieux,

Devra par son travail nourrir le paresseux ?

A cette embarrassante et soudaine apostrophe,

    Mon réformateur philosophe

    Prend de grands airs, bourdonne de grands mots.

12

Mais, se voyant hué par l'assemblée,
Pour aller autre part attraper des nigauds,
Avec sa bande il prend tout confus sa volée.

(Janvier 1850.)

FABLE XVII.

LES GRENOUILLES, LES TAUPES ET LES POISSONS.

Deux étangs, entourés de verdoyantes rives,
S'alimentaient des eaux de plusieurs sources vives.
L'un d'eux plus élevé d'abord les recevait,
    Puis, par une étroite ouverture,
    Avec une sage mesure,
    Sur son voisin les déversait.
Là coulaient d'heureux jours la frétillante anguille,
    La grenouille aux rauques accents,
    Le gardon qui dans l'air sautille,
Et la carpe dorée aux saccadés élans.

Hélas ! pourquoi faut-il qu'ici-bas l'on désire
Le sort que le destin ne nous départit pas !
Or, certain jour en proie à ce fatal délire,
Le peuple coassant de l'étang le plus bas,
        Contre l'étang qui le domine,
        A grands cris clabaude, fulmine.
        — Hé quoi, disait le plus criard
Des fougueux orateurs de la foule insurgée,
Souffrirons-nous que l'eau soit ainsi partagée?
        N'aurons-nous donc pour notre part,
        Pour toute fortune, que celle
Qui par ce petit trou comme à regret ruisselle,
Tandis que chez nos sœurs, là-haut, de frais ruisseaux
        Conduiront d'abondantes eaux ?
Détruisons cet abus et formons une ligue
Afin de renverser cette exécrable digue
        Qui s'oppose à notre bonheur.
        Contre ce projet destructeur
        Tous les poissons se récrièrent ;
        Mais, comme font nombre de gens,
        Au lieu d'agir ils se bornèrent
A se plaindre, à pousser de longs gémissements.

Profitant de cette apathie,

Nos grenouilles de comploter

Et d'aller bien vite exploiter

L'inconcevable sympathie

De plusieurs taupes d'alentour.

— Sœurs, vous voyez, leur dirent-elles,

Cette digue, l'objet de nos justes querelles,

Si nous ne la perçons très promptement à jour,

Nous allons succomber sous les ardeurs cruelles

Du soleil qui bientôt va dessécher nos prés.

Celles-ci, n'y voyant pas plus loin que leur nez,

Avec empressement se mettent à l'ouvrage,

Sans le moindre retard vingt endroits sont percés.

En longs jets l'eau d'abord s'ouvre un étroit passage,

Puis, grondant tout-à-coup, s'échappe à gros bouillons,

Rompt les digues et jette expirant sur le sable

Grenouilles, taupes et poissons.

Électeurs, qu'on séduit par mille illusions,

Gent plus aveugle que coupable,

Gardez-vous d'être un jour les taupes de ma Fable.

(Février 1850.)

12.

FABLE XVIII.

LES CHERCHEURS D'OR.

Sur un vaisseau chargé de précieux lingots,
Des chercheurs d'or, après deux ou trois ans d'absence,
Des bords californiens s'en retournaient en France,
Les uns très satisfaits, les autres fort penauds.
D'un pénible travail, d'une incessante peine
Les premiers rapportaient les enviés produits.
Les seconds qui, suivant certains us de Paris,
A boire avaient passé trois jours de la semaine,
Revenaient à peu près comme ils étaient partis.

En proie à l'affreuse misère,

Jamais le débauché n'a reconnu son tort;

Du destin, à l'entendre, un caprice arbitraire

Seul causa son malheureux sort.

S'en prenant donc à la fortune,

Nos mange-tout contre elle effrontément criaient

Et très hautement prétendaient

Qu'on devait composer une masse commune

De l'or par chacun rapporté,

Puis en faire entre tous, avec égalité,

Un juste et fraternel partage.

— Il fallait comme nous avoir cœur à l'ouvrage,

Répondaient les actifs et sobres travailleurs.

Comme nous vous auriez la douce jouissance

D'apporter au logis le fruit de vos labeurs ;

Mais vous avez mangé votre bien à l'avance,

Sachez-donc maintenant de vos folles erreurs

Subir ou réparer la triste conséquence.

Certain jour sur ceux-ci nos misérables gueux,

Au signal convenu, se jettent furieux.

Ainsi que leurs aînés, d'exécrable mémoire,

Dont Nantes gardera longtemps l'affreuse histoire,

Ils précipitent dans les flots

Et chefs et passagers, pilote et matelots.

    Devenus maîtres du navire,

Tous veulent à la fois le guider, le conduire :

L'un vers le gouvernail est à peine monté

Qu'il se voit par un autre aussitôt culbuté.

    Tandis qu'ainsi l'on se dispute,

Que *fraternellement* à coups de poing on lutte.

Le vaisseau vole au gré d'un vent impétueux,

Heurte un roc qui pénètre en ses flancs caverneux,

S'enfonce et disparaît dans le gouffre qui s'ouvre

    Et qui tout-à-coup le recouvre

    De ses tourbillonnants replis.

    O France, ô mon pauvre pays.

Toi que veut gouverner une horde sauvage,

Te préserve le ciel d'un semblable naufrage !

                (Avril 1850.)

FABLE XIX.

LES CHIFFRES 0, 1, 2, 3, 4, 5, 6, 7, 8 ET 9.

Les dix chiffres entre eux sur leurs rangs disputaient.
    Les cinq premiers se prévalaient
    Du privilége de naissance
Qui devait, suivant eux, donner la préséance.
    Les cinq autres de leur côté
Disaient que la valeur, la force numérique
Devait attribuer le droit de primauté.
    Après mainte et mainte réplique,
Pour finir ce débat, on demeura d'accord
De nommer un arbitre en souverain ressort.

Ayant d'abord émis en faveur du mérite

    De beaux et flatteurs arguments,

    Par d'habiles considérants

    Mon nouvel aréopagite

N'en décida pas moins que chacun garderait,

Comme par le passé, le rang qu'il occupait.

    Je connais un aréopage

Qui contre la faveur jadis criait haro,

Au talent seul voulait que l'on rendît hommage,

Et qui donne aujourd'hui, malgré son beau langage,

    De grands emplois à des zéro.

                  (Mai 1849.)

FABLE XX.

LE SINGE ET LE CHAT.

Bertrand, ce singe adroit que dépeignit si bien
    L'inimitable Lafontaine,
    A Raton, cet autre vaurien,
Dit un jour : — Frère , accours, une nouvelle aubaine ,
Non de marrons rôtis, mais de friands gâteaux
    Tout chauds,
    A l'instant même se présente.
De notre commun maître, Annette, la servante,
    Vient de sortir et de laisser
    Ouvert le four de la cuisine :

Elle est avec une voisine
Au milieu de la rue à rire, à jacasser ;
Juge s'il nous sera facile
De faire notre coup à loisir cette fois.

Moins gros que moi, bien plus agile,
Tu pourras aisément pénétrer, tu conçois,
Par la bouche du four pour moi par trop petite.
Tu me jetteras les gâteaux,
Je les attraperai ; tout à notre aise ensuite
En amis nous irons les manger à huis clos.
— A d'autres, répondit le destructeur de rates ;
Sans me laisser goûter le plus petit marron,
L'an passé tu me fis brûler le bout des pattes,
Voudrais-tu maintenant, fourbe, insigne fripon,
Pour ton profit me voir rôtir comme un chapon ?

Crédules ouvriers, malheureuses victimes,
Dont veulent se servir d'éhontés intrigants,
Vous pour qui sont les coups et jamais les *centimes*,
Quand aurez-vous, hélas ! de Raton le bon sens ?

(Avril 1850.)

ÉPILOGUE.

LE CASTOR.

Un castor avait hérité
Du terrier d'un renard, cousin de feu son père.
   Il y vivait bien abrité
Et n'avait point à craindre et des vents la colère
   Et de l'hiver l'âpre rigueur.
   Vous le savez, mon cher lecteur,
Les castors ont été dotés par la nature
   Du talent de l'architecture.
   Le mien s'estimait en cet art
Valoir Soufflot ou pour le moins Mansard.

Excusons-le : se croire un personnage habile
Est un de ces travers dont chacun a sa part.
Un jour qu'il méditait sur son obscur asile,

  — Il faut, se dit-il, être fou,
  Ou tout au moins être imbécile,
  Pour se contenter de ce trou.

 Vivre ignoré dans ce lieu solitaire,
Non, non, certes, jamais ne sera mon affaire.
D'ailleurs je sens en moi certain pressentiment
Qui me dit que je peux acquérir de la gloire,
Par la construction sur ce haut promontoire,

  D'un magnifique bâtiment.
Notre castor se met à l'œuvre à l'instant même,
Travaille avec ardeur, avec un soin extrême.
Sa maison achevée, il s'étonne de voir
Des castors, renommés par leur profond savoir,
En critiquer, les uns telle et telle ouverture,
Celui-ci la façade, un autre la toiture,

  D'autres enfin trouver le tout
  Disgracieux, de mauvais goût.
Pour comble de malheur, un vent épouvantable
Fit tomber tout-à-coup le pauvre bâtiment.

Séduit par le pressentiment

Qui décida jadis le castor de ma Fable,

Comme lui, m'étant cru capable,

J'ai voulu peindre en vers de l'homme les défauts,

Faire parler les animaux

Et rendre mon œuvre publique.

Puisse-t-elle ne point d'une saine critique.

Mériter la juste rigueur

Et de mon architecte encourir le malheur !

POÉSIES DIVERSES.

POÉSIES DIVERSES.

ODE SUR LA TRANSLATION DES CENDRES DE NAPOLÉON

A L'HOTEL DES INVALIDES (1840).

Pourquoi de toutes parts ces foules onduleuses ?
Où vont-elles ? Pourquoi ces figures joyeuses,
Ces perçantes clameurs et ces pleurs à la fois ?
Dans nos temples sacrés d'où vient que l'airain sonne ,
    Qu'en même temps le bronze tonne,
Que Paris retentit de ses plus grandes voix ?

Je ne me trompe pas... A sa fière assurance,
Oui, je le reconnais, oui, c'est lui qui s'avance ,

Le bataillon sacré, l'effroi de nos rivaux !
Irait-il, arborant son antique bannière,
     Dans une lutte meurtrière,
A sa gloire ajouter des triomphes nouveaux ?

Que vois-je ! Un char funèbre où brille un diadème,
Quatre aigles qui jadis marquaient le rang suprême,
Une main de justice, emblème de nos lois,
Sous d'augustes lauriers de crêpe enveloppée,
     L'illustre, l'immortelle épée
Qui de l'Europe entière épouvanta les rois !

Salut, toi qui lassas si longtemps la victoire,
Qui nous rendis si grands, qui nous couvris de gloire ,
Salut, Napoléon ; entends nos chants d'amour ;
Vois autour de ton char la foule qui se presse,
     Et qui, dans sa vive allégresse,
Par ses cris répétés acclame ton retour.

Quel triomphe ! Au respect que cette scène inspire,
Se mêlent les accents du plus ardent délire,
Se confondent les voix de nos plus fiers soldats.
C'est lui, disent ceux-ci, les yeux remplis de larmes,

C'est lui qui, lors de nos alarmes,
Nous faisait d'un coup d'œil braver mille trépas.

C'est lui, répète-t-on, qui pendant nos discordes,
Tandis que d'assassins les sanguinaires hordes
Dans nos mornes cités répandaient la terreur,
Parut soudain, et tel qu'un bienfaisant génie,
    Partout rétablit l'harmonie
Et sut du terrorisme étouffer la fureur.

A sa voix du Très-Haut les ennemis pâlirent,
De nos parvis sacrés les portes se rouvrirent,
Et bientôt poursuivis, expulsés des saints lieux,
On vit de toutes parts l'incrédule athéisme,
    Et le stupide vandalisme,
Confus, cacher leurs fronts naguère audacieux.

Nos coutumes, nos lois, inextricable ouvrage,
D'un labyrinthe offraient la véritable image :
Non moins législateur qu'intrépide guerrier,
Il sut en combiner la secrète influence,
    En fortifia la puissance,
En traçant à Thémis un mode régulier.

Honneurs te soient rendus, ô fils de la Victoire :
Assez et trop longtemps jalouse de ta gloire,
L'hypocrite Albion a lâchement sur toi,
Malheureux prisonnier brisé par la souffrance,
      Assouvi sa froide vengeance
Et distillé le fiel de sa mauvaise foi.

Viens reposer en paix, viens, viens, la France entière,
Tes vieux soldats qui, lors de ton heure dernière,
Hélas ! n'ont pu pleurer sur ton humble tombeau,
T'appellent à grands cris au digne sanctuaire,
      Où, recouvert d'un froid suaire,
T'attend le monument d'un habile ciseau.

Vois-les, ces vieux débris, ces vieux compagnons d'armes
Vers ton funèbre char qu'ils arrosent de larmes,
Venir de tous côtés, se hâter, accourir ;
Puis, tournant vers le ciel, séjour de l'espérance,
      Des regards de reconnaissance,
S'écrier : — Maintenant, oui, nous pouvons mourir.

Avec pompe déjà sous le vaste portique
En silence apparaît ta dépouille magique.

O ciel ! de ta valeur quel merveilleux pouvoir !
De Bayard, de Vauban, de Turenne les ombres
    Entr'ouvrant leurs demeures sombres,
Avec un saint respect se lèvent pour te voir !

Sous ce beau dôme orné des palmes de ta gloire,
Dors, illustre monarque, ô géant de l'Histoire,
Dors sous ces étendards criblés de coups de feux,
Dors, selon ton désir, sur les bords de la Seine,
    Près de la cité souveraine
Qui voit donc s'accomplir le plus cher de tes vœux.

HYMNE AU SOLEIL.

Astre majestueux, dont la vive lumière
Inonde en un instant les airs, la terre entière,
Ame de l'univers, brillant flambeau des cieux,
Quels sublimes pensers en mon cœur tu fais naître,
    Alors que je vois apparaître
Dans les plaines d'azur ton globe radieux !

O Soleil, oui c'est toi, c'est toi, lorsque le monde
Dormait enseveli dans une nuit profonde,
Qui du sombre chaos perças l'obscurité,
Et qui nous révélas, par ta magnificence,
    La mystérieuse existence
D'un pouvoir infini, d'une divinité,

Profane, qu'ai-je dit ! quel outrageant blasphème !

Quoi ! ne serais-tu pas la divinité même,

De la terre et des cieux le maître tout puissant ?

Parle..... N'est-ce pas toi qui seul soutiens, agites

      Ces innombrables satellites

Qui forment de ta cour le cortége imposant ?

N'est-ce pas toi, Soleil, qui d'un épais nuage,

Pour effrayer, punir une coupable plage,

Fais jaillir à ton gré de redoutables feux,

Et qui, lançant au loin les traits de ton tonnerre,

      Fais tressaillir dans ta colère,

Des monts les plus altiers les sommets sourcilleux ?

Eh ! quel autre qu'un Dieu pourrait, loin dans l'espace,

Chasser d'un seul coup-d'œil l'hiver chargé de glace,

D'une douce chaleur réchaufferait les airs,

Et, pénétrant le sein de la terre engourdie,

      De nouveaux principes de vie

Remplirait constamment en tous lieux l'univers.

Qui pourrait, tous les ans, de sa riche parure,

De ses riants attraits embellir la nature,

Émaillerait nos prés d'aussi charmantes fleurs?
Qui répandrait partout, par sa seule présence,
    Cette merveilleuse abondance
Qui sans cesse sourit à nos moindres labeurs?

Si tu n'étais un Dieu, quelle main invisible
Eût pu, dis-moi, créer ta flamme inextinguible,
Océan de lumière, abîme incandescent?
Quel être assez puissant eût tracé la limite
    De l'incommensurable orbite
Que décrit sans repos ton disque éblouissant?

Quoi! serais-je abusé! non, tu n'es pas l'image
De la divinité..... mais son plus bel ouvrage.
Il est de l'Univers un souverain moteur,
Un dieu qui combina des mondes l'harmonie,
    Qui, par sa puissance infinie,
Te créa de ses dons l'heureux dispensateur.

Aussi de ses décrets, observateur fidèle,
Te voit-on, ô Soleil, avec le même zèle,
Sans cesse parcourir les plus lointains climats
Et de tes feux verser l'influence féconde,

Sans laquelle soudain le monde
Serait anéanti sous d'éternels frimas.

Ah ! jouis du doux fruit de ta munificence,
Dieu du jour, jouis-en, surtout lorsque s'élance
Ton char étincelant dans l'espace azuré.
Vois la nature alors joyeuse te sourire
    Et goûter le plaisir qu'inspire
Le retour attendu d'un amant adoré.

Vois des chantres ailés la troupe matinale,
Aux premières lueurs de l'aube, au teint d'opale,
Cesser, pour te revoir, son paisible sommeil,
Sautiller, voltiger de bocage en bocage,
    Et par le plus charmant ramage
Saluer à l'envi ton glorieux réveil.

Avec quelle ferveur, comme il te remercie,
Ce vieillard tout courbé, dont la trop longue vie
Pour lui depuis longtemps est un pesant fardeau !
Vois comme à ton aspect se ranime son âme
    Et comme ta divine flamme
De ses sens presque éteints ravive le flambeau.

O d'un Dieu créateur, consolant témoignage,
Astre éclatant, reçois mon plus sincère hommage,
Accepte de mon cœur ces timides accents ;
Excuse-moi d'avoir osé, sur une lyre,
  Si peu digne de toi, décrire
Ce que tu m'inspiras dès mes plus jeunes ans.

Ah ! daigne m'exaucer : fais qu'à ma dernière heure,
Avant que je descende en la sombre demeure,
Tes rayons affaiblis dorent ces hauts sommets,
Et qu'alors soulevant ma débile paupière
  Je puisse encor voir ta lumière
S'éclipser et pour moi disparaître à jamais.

(Imité de l'abbé de Reyrac.)

RÉPONSE A M. Y...

QUI ME REPROCHAIT D'AVOIR REFUSÉ SON MODESTE
DÉJEUNER DE POÈTE POUR ACCEPTER CELUI D'UN
MODERNE LUCULLUS D'AUXERRE.

O le plus cher de mes nombreux cousins,
Auriez-vous donc jugé, d'après ma mine,
Que, partisan de somptueux festins,
De Lucullus j'eusse aimé la cuisine ?
Grande serait en ce cas votre erreur.
Sachez-le bien : oui, je hais, je déteste
Ces grands banquets dont l'aspect indigeste
En moi fait naître et contrainte et froideur,
Où l'étiquette aux convives impose
Ce ton, ces airs qu'avec art on compose,

Où règne enfin, pleine de dignité,

La monotone et froide gravité.

Oh ! que j'aime bien mieux prendre place à la table

D'un ami franc, sincère, à l'humeur vive, aimable,

Chez lequel sans façon l'on est toujours reçu,

Qui sait nous plaire en tout, dont le cœur est à nu !

Là, d'un riche appareil point de vain étalage,

De laquais indiscrets point de morne entourage.

Sur un linge bien blanc le couvert apprêté,

Non par le luxe luit, mais par sa propreté.

Sans doute on n'y voit pas, avec magnificence,

De symétriques mets étaler l'abondance.

Préparés avec soin au plus deux ou trois plats

Composent simplement son modeste repas ;

On savoure à longs traits certain vin qu'il conserve

Et que pour ses amis il a mis en réserve ;

Sans témoins l'on s'y livre, en pleine liberté,

A ces doux entretiens, fruit de l'intimité,

A cette affectueuse et franche causerie

Qu'excite par degrés l'amicale ambroisie.

C'est alors, cher cousin, que, narguant Atropos,

Ses filandières sœurs et l'infernale race,

Je trouve qu'il est doux, à l'exemple d'Horace (*),
De délirer parfois dans de joyeux propos.

---

* *Dulce est desipere in loco*. Liv. 4, ode XI, Ad Virgilium.

A L'EMPEREUR NAPOLÉON III.

—

ODE A L'OCCASION DE L'ACTE DU 2 DÉCEMBRE 1851.

Frégate démâtée, aux coups de la tourmente
Ne pouvant opposer qu'une proue impuissante,
La France allait céder à d'aveugles fureurs.
Contre elle conspiraient des hordes effrénées
Qui, de QUATRE-VINGT-TREIZE évoquant les journées,
    En préconisaient les horreurs.

En vain elle cherchait à rompre les entraves
Qui tenaient et son bras et sa raison esclaves,
Sous d'éhontés rhéteurs, sous de vils charlatans;
Étreinte dans l'étau d'une loi satanique,

Elle exhalait déjà le soupir asthénique,

    Le râle des agonisants.

Son Chef, sans cesse en butte aux plus basses intrigues,

De tous côtés voyait de menaçantes ligues

Se recruter, lever leurs rouges étendards.

Souriant de plaisir à la démagogie,

Le front ceint de serpents, la hideuse anarchie

    Aiguisait déjà ses poignards.

Que faire ? Devait-il, pilote sans courage,

Quitter le gouvernail au moment de l'orage,

Voir le vaisseau sombrer dans l'abime des flots ?

Lui, qui se dévouait au salut de la France,

Muet, les bras croisés, devait-il sans défense

    L'abandonner à ses bourreaux ?

Non, non, celui qui sent s'agiter dans son âme

Du grand Napoléon le sang, l'ardente flamme,

Ne pouvait renier sa sainte mission.

Il devait arrêter le torrent à sa source,

Abattre d'un seul coup, dans sa sanglante course,

    L'hydre de l'insurrection.

Il commande... sa voix, au loin retentissante,
Dominant en tous lieux l'anarchique tourmente,
S'en va de toutes parts porter sa volonté.
A ses puissants accents les factions pàlissent,
L'espérance renait, les lois se raffermissent,
    Le méchant tremble épouvanté.

La perfide Albion de l'île meurtrière
Se souvient qu'elle fût l'inhumaine geolière,
Et du glaive vengeur craint l'éclatant affront.
Indignes ennemis, dissipez vos alarmes :
Pour punir les félons la France n'a pour armes
    Que le mépris le plus profond.

Du martyr immortel qui fût votre victime
Le digne descendant, notre Chef magnanime
Ne garde point au cœur de haineux souvenirs.
Accomplir, terminer ce que pour notre gloire
A médité, voulu le géant de l'histoire,
    Sont ses rêves, ses seuls désirs.

Nuit et jour à la tâche, ainsi qu'un mercenaire,
Il détruit l'édifice assis sur le cratère

Du volcan qui sous nous s'agitait en grondant.

Il veut le rebâtir sur des bases solides,

Étouffer à jamais des luttes fratricides

    Le monstre encore tout sanglant.

Il veut la liberté sagement circonscrite,

Mais non cette licence aveugle, sans limite,

Qui faillit nous jeter dans un abime affreux.

Un vigilant pasteur, d'un nombreux troupeau maitre,

Laisse-t-il ses brebis errer, librement paitre,

    Follement bondir en tous lieux.

Il veut surtout la paix, cette féconde source

Qui, coulant à pleins bords, épanche dans sa course

Ses bienfaisantes eaux, ses fertiles limons ;

Mais il veut qu'elle honore, il veut que glorieuse

La France puisse enfin relever radieuse

    La tête sur les nations.

Seconde ses efforts, divine Providence,

Toi que l'on vit sans cesse accorder à la France

Le secourable appui de ton bras protecteur,

Ne l'abandonne pas ; pour toujours de nos têtes
Détourne le fléau des civiles tempêtes,
    Fais-nous jouir du vrai bonheur.

                                    (Février 1852.)

BOUTADE.

Ah ! que j'aime un enfant dont l'âge
Compte à peine quatre printemps !
Tout plait en lui : son babillage
Et ses naïfs raisonnements.
Ignorant le mensonge, il croit qu'on ne peut dire
    Ce qui n'est pas la vérité.
Il parle à cœur ouvert, sa figure respire
    La candeur, la sincérité.
    Au seul nom de Croquemitaine
Il tremble, croyant voir un monstre furieux
    Avaler, sans reprendre haleine,
  A son diner vingt petits paresseux.
    Pourquoi ces germes de droiture,
    De franchise, de loyauté,
    Que fait naître en nous la nature,
Font-ils si vite place à la duplicité ?

ODE SUR LA VIE.

Quand, enfant, je sentis se dégager les langes
Qui de leurs plis couvraient ma naissante raison,
Je fis tout bas à Dieu d'extatiques louanges,
    A l'aspect du vaste horizon.
Je me dis : ces vallons, ces plaines, ces montagnes,
    Ce brillant soleil, ces campagnes,
    Ce ciel, tout fut créé pour nous ;
Je crus voir à mes yeux sourire l'espérance,
Et pour moi voir au loin d'une heureuse existence
    Poindre l'avenir le plus doux.

Tel sorti de son nid l'oiseau dans le bocage
De rameaux en rameaux voltige tout joyeux,

Gazouille, et, s'élevant au-dessus du feuillage,
    Admire et la terre et les cieux.
S'enhardissant, il va du bosquet dans la plaine,
    Becqueter la nouvelle graine
    Et boire au limpide ruisseau.
Tout est pour lui plaisir, tout le charme et l'enchante ;
Plus tard épris d'amour à sa femelle il chante
    De doux airs que redit l'écho.

Mais, hélas, son bonheur est de courte durée !
Bientôt le tiercelet, le faucon, le beffroi
Et l'avide épervier viennent dans la contrée
    De tous côtés jeter l'effroi.
Dès ce moment en proie aux frayeurs délirantes,
    Il croit, dans ses peurs incessantes,
    Les voir rôder aux alentours.
Il n'ose presque plus sortir de sa retraite,
L'inoffensif oiseau qui passe sur sa tête
    Lui semble en vouloir à ses jours.

Puis, vient l'hiver suivi de son triste cortége,
Qui, parcourant les monts et la plaine à grands pas,
Couvre partout le sol d'un froid tapis de neige
    Et les forêts d'âpres frimas.

Adieu pour lui des champs la facile pàture
    Et des ruisseaux l'eau vive et pure
    Et le bosquet hospitalier.
Transi de froid, mourant de faim et de misère,
Ne volant qu'avec peine, il périt sous la serre
    De l'impitoyable épervier.

Pauvres petits oiseaux, de même que vous autres,
Nous avons nos soucis, nos peines, nos tourments.
Nos plaisirs, nos amours, de même que les vôtres,
    Ne durent que quelques instants.
Comme vous nous traînons une pénible vie,
    En butte aux fureurs de l'envie,
    Victimes de durs oppresseurs,
Et si nous parvenons à la froide vieillesse,
Nous voyons bien souvent une affreuse détresse
    Terminer aussi nos malheurs.

Et c'est pour un tel but que le souverain maître
Nous fait naître ici-bas sous ce bleu firmament;
Qu'il nous fait en ce monde un instant apparaître
    Pour nous plonger dans le néant?
Non, non, je ne puis croire aux discours du sceptique,

A travers l'éther fatidique
J'aperçois la Divinité :
Plus j'admire du ciel les beautés, plus je doute
Que la mort soit la fin, le terme de la route
De la fragile humanité.

HYMNE A LA PAIX

A L'OCCASION DE L'EXPOSITION UNIVERSELLE.

Partout on t'adore, on t'acclame,
Fille du ciel, ô douce paix ;
Chaque peuple à grands cris réclame
Tes inappréciables bienfaits.
Nous t'implorons, auguste reine,
Sur nous viens régner désormais,
Viens, viens régner en souveraine,
Exauce nos ardents souhaits.

Fais qu'à ta puissance suprême
L'univers entier soit soumis.

Résous, de nos jours, le problème
De voir tous les peuples amis.
Arrière l'homicide guerre
Et ses fusils et ses canons !
Disparaissez de notre sphère,
De la discorde affreux brandons.

Sans toi, par de sombres nuages,
Le ciel nous paraît obscurci ;
Nous révons batailles, carnages ;
Tout est pour nous crainte, souci.
Mais avec toi, l'air qu'on respire
Se dégage plus librement,
Plus doux est le vent qui soupire,
Plus azuré le firmament.

Sous ton règne on voit les campagnes
D'épis dorés se revêtir,
Sur les plus stériles montagnes
Des lignes de pampre verdir.
Viens parmi nous : nos jeunes filles,
Ne craignant plus pour leurs amants

L'impôt du sang sur les familles,
T'adresseront leurs plus doux chants

Déjà, sous ta puissante égide,
S'allume le flambeau des arts ;
Sa lumière, infaillible guide,
A Paris, brille au Champ-de-Mars.
Ce fanal, où le gaz abonde,
Va se diviser en rayons
Qui bientôt, parcourant le monde,
Se transmettront aux nations.

A vous, souverains de la terre,
D'exécuter ce grand projet ;
Notre Chef vous offre d'en faire
D'un congrès le digne sujet.
O toi, digne Providence,
Pour former ce pacte entre tous,
Daigne accorder ton assistance,
Nous t'en supplions à genoux.

TABLE DES MATIÈRES.

FIN DE LA TABLE DES MATIÈRES.

AUXERRE, IMPRIMERIE DE G. PERRIQUET.

www.ingramcontent.com/pod-product-compliance
Lightning Source LLC
Chambersburg PA
CBHW070509030726
47503CB00004B/1210